AF301220

Tucholsky Wagner Zola Scott Sydow Freud Schlegel
Turgenev Fonatne Wallace
Twain Walther von der Vogelweide Fouqué Friedrich II. von Preußen
Weber Freiligrath
Kant Ernst Frey
Fechner Fichte Weiße Rose von Fallersleben Richthofen Frommel
Hölderlin
Fehrs Engels Fielding Eichendorff Tacitus Dumas
Faber Flaubert
Feuerbach Maximilian I. von Habsburg Fock Eliasberg Ebner Eschenbach
Ewald Eliot Zweig Vergil
Goethe Elisabeth von Österreich London
Mendelssohn Balzac Shakespeare Dostojewski Ganghofer
Lichtenberg Rathenau Doyle Gjellerup
Trackl Stevenson Tolstoi Hambruch Droste-Hülshoff
Mommsen Lenz Hanrieder
Thoma von Arnim Hägele Hauff Humboldt
Dach Verne Hagen Hauptmann Gautier
Karrillon Reuter Rousseau
Garschin Defoe Baudelaire
Damaschke Descartes Hebbel Hegel Kussmaul Herder
Wolfram von Eschenbach Schopenhauer Rilke George
Bronner Darwin Dickens Grimm Jerome
Melville Bebel Proust
Campe Horváth Aristoteles Voltaire Federer Herodot
Bismarck Vigny Barlach Heine
Gengenbach Tersteegen Grillparzer Georgy
Storm Casanova Gilm
Chamberlain Lessing Langbein Gryphius
Brentano Lafontaine
Strachwitz Claudius Schiller Kralik Iffland Sokrates
Katharina II. von Rußland Bellamy Schilling
Gerstäcker Raabe Gibbon Tschechow
Löns Hesse Hoffmann Gogol Wilde Vulpius
Luther Heym Hofmannsthal Gleim
Roth Klee Hölty Morgenstern Goedicke
Luxemburg Heyse Klopstock Kleist
Puschkin Homer Mörike Musil
La Roche Horaz
Machiavelli Kierkegaard Kraft Kraus
Navarra Aurel Musset
Nestroy Marie de France Lamprecht Kind Kirchhoff Hugo Moltke
Laotse Ipsen Liebknecht
Nietzsche Nansen Ringelnatz
Marx Lassalle Gorki Klett Leibniz
von Ossietzky May vom Stein Lawrence Irving
Petalozzi Knigge
Platon Pückler Michelangelo Kafka
Sachs Poe Kock
de Sade Praetorius Mistral Liebermann
Zetkin Korolenko

Der Verlag tredition aus Hamburg veröffentlicht in der Reihe **TREDITION CLASSICS** Werke aus mehr als zwei Jahrtausenden. Diese waren zu einem Großteil vergriffen oder nur noch antiquarisch erhältlich.

Symbolfigur für **TREDITION CLASSICS** ist Johannes Gutenberg (1400 — 1468), der Erfinder des Buchdrucks mit Metalllettern und der Druckerpresse.

Mit der Buchreihe **TREDITION CLASSICS** verfolgt tredition das Ziel, tausende Klassiker der Weltliteratur verschiedener Sprachen wieder als gedruckte Bücher aufzulegen – und das weltweit!

Die Buchreihe dient zur Bewahrung der Literatur und Förderung der Kultur. Sie trägt so dazu bei, dass viele tausend Werke nicht in Vergessenheit geraten.

Burgfriede

Emma Vely

Impressum

Autor: Emma Vely
Umschlagkonzept: toepferschumann, Berlin

Verlag: tredition GmbH, Hamburg
ISBN: 978-3-8424-1383-2
Printed in Germany

Kürschners Bücherschatz

Eine Sammlung illustrierter Romane und Novellen, begründet
1896 von Joseph Kürschner, herausgegeben von Hermann Hillger

Burgfriede

von

E. Vely

Berlin · Hermann Hillger Verlag · Leipzig

Burgfriede.

1.

Frühlingszeit! Die Sonne schimmert durch das Fichtengrün.

Eine schlanke Dirne ist schon eine Strecke weit durch das Wäldchen am Hügel gewandert. Die leichte Last, ein verdeckter Korb, den sie auf dem Kopfe trägt, nimmt ihr nicht den Atem; so kommt ihr, sie weiß eigentlich selber nicht warum, die Lust zu singen an:

> »Es soll kein andrer sein,
> Der mich soll nehmen ein,
> Als du, o schönes Kind!
> Dir bleib i treu!«

Da stockt sie aber schon wieder, um sich nach den Frühlingsblumen zu bücken. Während sie sich langsam niederbeugt, damit ihr Korb nicht ins Wanken gerät, hebt eine Männerstimme an;

> »Stoß mir das Heiz entzwei,
> Wenn eine falsche Treu'
> Oder nur falsche Lieb'
> Bei mir verspürst!«

Dunkelrot läuft's über die Wangen des Mädchens. Der Gesang hat ganz hübsch geklungen; aber es ist ein Vers aus demselben Liede, das sie begonnen hat, und sie so zu unterbrechen, erscheint ihr eine arge Keckheit. Sie springt so rasch auf, daß sie mit beiden Händen ihre Last vor dem Herabstürzen bewahren muß, – nein, die Freude, daß sie erschreckt worden ist, soll der dreiste Geselle nicht auch noch haben.

Rüstig schreitet sie aus, aber nicht flink genug für den Sänger, der quer durch den Wald gekommen ist und auf die Dirne hinter einem Baume gewartet hat. Mit einem Sprunge ist er über einen kleinen Graben hinweg und steht neben ihr.

»Ein nett's Lieble, was, Jungferle?« fragt er, und da sie ohne Antwort weiter will, vertritt er ihr den Weg. Es ist ein breitschultriger

Bursch, blond wie sie selber, mit hellen, blauen Augen, einem kecken Bärtchen, dessen Spitzen kühn nach den Seiten stehen. »Ja, warum nur?« fragt er weiter.

»Ist mein' Sach'!« erwidert die Dirne kurz.

»Freilich wohl ist's dein Sach', Mädele, freilich wohl!« Und sein heiteres Lachen klingt in den sonnenüberstrahlten Fichtenwald hinein. Aber keinen Schritt weicht er zurück. Zu beiden Seiten sind dicke Baumstämme; das Mädchen müßte sie umgehen, um wieder den Weg zu gewinnen: aber das will sie nicht.

Unmutig sagt sie: »I kann warten.«

»Worauf?« fragt er.

»Bis du da frei machst.«

»Ei, so trotzig bist?« ruft er. »Nun, da wollen wir miteinander schauen, wie weit wir kommen.« Und die Arme übereinander schlagend, setzt er hinzu: »Mir pressiert's nit!«

»Gib mein' Paß frei!« herrscht sie ihn an.

»Oho, Mädele, so aufbegehren kannst auch?« lacht er.

Daß er sich immer gleich bleibt mit seinem Lachen, das erzürnt sie erst recht. »Möcht wissen,« fragt sie, »was so Einer für'n Recht hat, die Landstraß' unsicher zu machen? Ein Förster bist nit ...«

»Freilich bin i's nit!« erwidert der Bursch; »bin auch kein Wegelagerer!«

Ihre braunen Augen funkeln; sie zuckt verachtungsvoll mit den runden Schultern.

»Ist mir eins, was du bist; i hab' schon mein' besonderen Namen für di!«

Der Bursch stößt einen Juchzer aus: »Was? Schmeichlerisch klingt's wohl nit?«

»Arg nit!« ist die Antwort.

»Sagst's mir nit?« forscht er.

»Gar nix sag' i mehr zu solch' einem Lump!« ruft die Dirne erglühend.

Da ist, das Lachen fort von dem lustigen Gesicht, und der Ernst blickt plötzlich aus den blauen Augen.

»So, solch Eine bist! Na, geh nur deiner Weg, du, du ...« Er hält inne, als dürfe er sich nicht hinreißen lassen, und tritt zur Seite.

Das Mädchen hat sein Erschrecken gewahrt und weiß erst jetzt, welch ein Wort ihr entfahren. Aber es zurücknehmen, nein, das kann sie doch nicht. Sie macht zwei Schritte, zögert und tut, als habe sie etwas an ihrem Korbe zu rücken.

Halblaut, wie für sich allein, spricht sie dann: »I hab ein' Zorn 'kriegt, 's ist wahr.«

Der Bursche lehnt sich an eine hochstämmige Fichte; auch er muß noch etwas sagen: »Zum Fürchten ist ein Scherz nit, – 's kommt drauf an, wie'n eins aufnimmt. Und wenn ein Mädel singt, warum soll ein Bu' nit drauf antworten? Und besser geht's sich zu zwei'n im Wald, – da kann man reden. Freilich, an Ungute, Widrige muß einer nit geraten, wenn er lustig ist.«

Er stößt einen pfeifenden Ton durch die Zähne und blickt dann verwundert auf, daß die Dirne nicht gegangen ist, da sie doch nichts mehr hindert. Sie hat sein ganzes Selbstgespräch gehört, – nun, das schadet auch nicht.

Noch immer rückt sie an ihrem Korbe; zweimal macht sie eine Anstrengung, als wolle sie sprechen, und schließt dann immer wieder die Lippen fest zusammen. Endlich geht sie mit langsamen, schweren Schritten weiter.

Sonderbar, es scheint alles ringsumher gar nicht mehr so hell und maienlustig; an einer Biegung bleibt sie stehen und wendet halb den Kopf. Nein, er kommt nicht; er ist wohl seitwärts gegangen, wo auch ein Weg hinaufführt. »Was kümmert's mi auch!« sagt sie und macht raschere Schritte. »Der sollt' wohl, denken, nun wär's mir leid, und ist gar nit wahr. Und singen will i auch wieder, damit er's hört, daß i mein' Laun' wieder haben kann, wann i nur will: '

»Obschon das Glück nit wollt.
Daß i dein werden sollt,
So lieb i dennoch dich,
Glaub's sicherlich!«

Ein nettes Liedle, hatte er gemeint; sie schüttelt, indem sie daran denkt, den Kopf und beschließt, nicht weiter zu singen. »Ein dumm's Liedle!« sagt sie trotzig.

Am Rande des Wäldchens angekommen, setzt sie sich nieder und blickt auf das grüne Wiesental zu ihren Füßen. Rechts liegt ein Dörfchen, von blühenden Obstbäumen umgeben; drüben ragt die Burg ernst und grau auf einem kegelförmigen Berg empor; links, wo der Wald wieder beginnt, sind große und kleine Häuser zerstreut; von der Sägemühle herüber hört man das Kreischen der Sägen, das Rauschen des Wassers. Sie weiß nicht, warum sie sich heute nicht recht an dem Anblick erfreuen kann, warum sie so beklommen atmet. Den Wiesenpfad einschlagend, blickt sie nicht rechts noch links; sie will eilen, heimzukommen. Da sagt etwas neben ihr: »Grüß Gott!« und wie sie aufschaut, hat ein städtisch Gekleideter, den Hut gezogen, so daß sie ganz verlegen über die Ehre wird und kaum den Gegengruß herausbringt.

»Bin ich recht auf dem Wege nach der Burg da? Und das ist doch die Windeck?« fragt der junge Mann.

»Freilich wohl!« entgegnet sie. »Und wenn Ihr fremd seid, – i geh grad hinauf auf die Burg.«

Schüchtern und sanft hat sie das gesprochen und wagt auch gar nicht ihren Begleiter anzusehen, der jetzt neben ihr einherschreitet, nachdem er gesagt: »Ei, wenn's erlaubt ist! Zu zwei'n ist's kurzweiliger.«

Hoch und stattlich muß er sein und einen großen Bart und einen noch größeren Hut haben, – das Mädchen sieht's am Schatten. Der Fremde betrachtet seinerseits die Dirne und hat seine Freude an ihrem frischen, gesunden Aussehen.

»Wie heißt man Euch denn, Fräulein?« fragt er und mäßigt ein wenig den raschen Gang.

»O, Ihr!« ruft das Mädchen ganz erschreckt und schlägt die braunen Augen auf. »Tut so etwas nit!«

»Ja, was denn?« entgegnet er, belustigt, daß sein Wunsch so schnell erfüllt worden ist.

»Red's nit so städtisch und vürnehm mit unserei'm! I bin Kastellans Päule, und ›Sie‹ und ›Fräule‹ hat noch keins zu mir gesagt!«

»Päule ist just nit der schönste Nam',« fällt der Fremde ein, »aber wenn ihn eins schon hat, muß es halt zufrieden sein, Pauline klingt besser, was?«

Sie nickt, obwohl sie nicht versteht, warum Päule schlecht klingen soll; so haben sie Vater und Mutter gerufen, die Gespielen und sogar die Herrschaft, die Frau Gräfin, wie sie einmal auf der Burg gewesen ist.

»Kastellans Päule?« wiederholt der Fremde, nach der Burg auf dem Berge deutend, an dessen Fuß sie jetzt angelangt sind. »Da oben wohnen wir wohl, Päule?«

»Ei freilich, in dem runden Turm. O, man kann gar weit von dort ausschauen!«

Er nickt und blickt sie wieder an. Sie hält den Kopf so hoch; sie schreitet so leicht dahin, das sei das lieblichste Kastellans-Töchterlein, meint er bei sich, das er je auf einem alten Schlosse gefunden.

Zwischen grauen, halbverfallenen Mauern führt jetzt der Weg dahin.

»Die Ausfahrt auf die Windeck ist nicht gerade bequem!« sagt er.

Erstaunt blickt sie ihn an: »Ist nur einmal ein Wagen da heraufgekommen, wie die Herrschaft da war, – vier Jahr sind's!«

Aus einer Art Nische, in der früher ein Heiligenbild gestanden haben mochte, tritt eine seltsame Gestalt hervor, – ein zwergenhafter Greis, den Kopf mit einer verblichenen Soldatenmütze bedeckt.

»Ei, ei, ei! Hast dir Wohl ein sauberes Schätzle suchen wollen, Päule, ei, ei, ei!« ruft er mit dünner Stimme. »Der paßt aber nit, der nit!«

Der Fremde schaut verwundert das Mädchen an, das indessen gar nicht verlegen geworden ist.

»Ist nur der Arturle,« spricht sie erklärend und wendet sich dann dem Kleinen zu: »Du, der Schäfer wartet! Eil' dich!«

»Ei, ei, ei! stößt das Männlein wiederum hervor, schwingt seinen Stecken und läuft bergab.

»Der Arturle?« wiederholt der Fremde, »Was hat's denn mit dem für eine Bewandtnis?«

»Ja so!« entgegnet das Mädchen, dem die Nähe des Zieles mehr Mut zum Sprechen gibt. »Ist eben der Arturle. Wißt, sein Vater ist ein Offizier gewesen und hat in Spanien und Rußland gefochten. Und wie er tot war, ist das Arturle hier allein gewesen, und die Dorfgemeinde ernährt's. Viel Gelehrsamkeit hat nit in sein' Kopf gewollt; aber er ist geschickt, die Maulwürf zu fangen, und er hilft auch dem Schäfer.«

Der Fremde weilt mit seinen Gedanken schon wieder bei einem anderen Gegenstände: das Schloßportal zeigt sich, grau und ehrwürdig, mit einem großen steinernen Wappen darüber.

»Das ist nicht übel, wenn auch ein wenig absichtlich,« spricht er für sich.

Das blonde Päule aber denkt, es habe ihr gegolten, und sagt: »Dadurch müssen wir gehn!« Dann stockt sie wieder, schaut ihren Begleiter von oben bis unten an, holt tief Atem und fragt: »Ja, zu wem wollt Ihr denn eigentlich da heroben? Wohnt kein' Seel' dort, als wir in dem runden Turm, – i mein', der Vater, die Mutter und i!«

Lächelnd schaut er in ihre braunen, fast angstvoll blickenden Augen: »Ja, Päule, da mußt du's schon leiden, daß mein Besuch Euch gilt!«

Sie lacht nun auch, aber es klingt erzwungen: »Gell glaub i nit, bis i's seh!«

Sie sind unter dem Portal angelangt. Die Blicke des Fremden wandern rasch nach allen Richtungen; er tut so vertraut, als wäre ihm eine so alte Burg gar nichts Neues. Da bleibt sein Auge auf einer kleinen Holztafel haften, die eine abgehauene, blutige Hand nebst einem Beil und die Inschrift zeigt, daß der, der den Frieden der Burg Windeck breche, solche Strafe zu erdulden habe.

»Gelt,« flüstert Päule und tippt auf den Rockärmel des Mannes, »das ist arg wüst, und i mag's nimmer gern sehn! Der Vater hat's auch einmal weggenommen wie i noch klein war, damit i nit greinen sollt, wenn i's säh. Der Herr Graf hat's aber wieder hinhängen lassen ... Wer nur daran seine Freud' haben kann!«

»Burgfriede,« spricht der Fremde vor sich hin und schaut dann das Mädchen ernst an. »Es hat schon seine gute Bedeutung, Päule: da herauf soll niemand kommen als Ruhestörer.«

Sie schüttelt den Kopf und meint: »Sind ja feste Mauern, und zwei alte Kanonen haben wir auch!«

Der Fremde reckt die Hand aus, als wollte er ihr die weiche Wange streicheln, doch läßt er sie wieder sinken.

»Fürchtest also keinen Feind, Päule?«

»I fürcht' nix!« antwortet sie keck, »und wenn mich eins ärgern will, da kann i schon aufbegehrn!«

Wie dort unten im Walde, – hätte sie beinahe hinzugesetzt, aber dann hätte er wohl weiter gefragt, und so ist's besser, sie sagt nichts davon.

Sie zögert, wie sie jetzt, der elterlichen Wohnung nahe kommen; aber der Fremde findet den Rundturm auch von selber, ja, ganz richtig redet er den Vater, der gerade in der niedrigen Eingangstür steht, mit »Herr Kastellan« an.

Der, ein kleiner, rundlicher Mann mit gutmütigen braunen Augen, macht einen tiefen Bückling, wie sonst nur vor dem Herrn Pfarrer, und nickt gar freundlich, indem der Fremde auf ihn einredet. Päule sieht, wie ihr Begleiter ein Schreiben hervorzieht und, während ihr Vater in allen Taschen kramt und vergeblich nach seiner Brille sucht, es selber gleich vorliest. »Ginele, Ginele!« ruft der Alte dann nach seiner Frau und schlüpft, als er keine Antwort erhält, von dannen. Nach einigen Minuten, die der Fremde dazu benutzt, den äußern Hof und die alte Fassade mit den Ungetümen von Wasserspeiern zu betrachten, kehrt der Kastellan mit dem Schlüsselbunde zurück, und beide schreiten weiter. Nun tritt auch die Mutter hervor, knüpft in der Tür noch ihre Schürzenbänder zusammen und blickt hinter den Männern her. Sie ist im Äußern das gerade Gegenteil ihres Mannes, lang und hager, mit stechenden grauen Augen; die Fülle blonden Haares hat Päule von ihr geerbt.

»Nu, was ist's denn damit?« fragt das Mädchen, nach dem Fremden deutend.

»Ein Herr ist's, den die Frau Gräfin schickt; so einer, den man Architekter nennt; ›Herr Rupert‹ heißt er. Wohnen will er im Schloß und bauen, ... Er sieht sehr sauber aus!«

»Freilich wohl,« bestätigt Päule und schaut den beiden Männern gleichfalls nach. Gerade wollen sie durch den zweiten Bogen, da wendet sich der Fremde noch einmal um, nickt ihr zu und ruft: »Ich danke auch schön!«

Sie grüßt wieder und fühlt dabei das Auge der Mutter auf sich ruhen. »Ja, was ist's denn, kennst denn den?« fragt sie.

»O, nix ist's, Mütterle! I bin nur 'rauf kommen mit ihm.«

»So, so! Ist gar sauber!« meint Frau Georgine Häsle abermals und lächelt. »Ja, Stadtleut'! Gell ist etwas anderes.« Damit wendet sie sich ins Haus zurück.

– Erst jetzt hebt Päule ihren Korb herab, bleibt dann aber, wieder in Gedanken, davor stehen: Der hat sich noch einmal nach ihr umgeschaut, der andere nicht! Es war ganz unterhaltsam, was sie an diesem Morgen erlebt, aber eins ärgert sie doch: sie hätte ums Leben gerne gewußt, wer der kecke Gesell von draußen im Walde war.

2.

Vor der Sägemühle erhebt sich ein kleiner Eichenbestand. Niemand darf dem Sägemüller, dem alten Johann Eifert, daran rühren; die dicken Bäume sind sein Stolz; er behauptet, im Schwabenlande gäbe es nichts gleiches.

Mit seinem Sohne, der eben aus der Fremde heimgekommen ist, geht der Alte unter den Eichen auf und ab und blickt bald auf das Laub, das eben an den Bäumen hervorgebrochen war, bald auf seinen stattlichen Peter, der ihn, – ja, es war nicht mehr zu leugnen, – um einen halben Kopf überragt.

»Bub'« sagt Johann Eifert, »Bub', volle vier Jahr sind eine arg lange Zeit, und darin kann viel passieren. Hast schon wahrgenommen: zwei Eichen tun fehlen; die dicke, die dort am End' gestanden hat, die haben wir schlagen müssen; war gar zu morsch, ging nit mehr an. Und drüben ein Bäumle, ein nachgepflanztes, hat der Blitz getroffen, – Bub', in die Seel' ist mir's gegangen. Und dein' Mutter freilich, die hast auch nimmer mehr gefunden. Ja, vier, Jahr!«

Peter schaut ernsthaft darein; sein fröhliches Lachen, das vorhin so laut durch den Wald gedrungen, ist ihm vergangen. Schwerer und schwerer hat es sich auf seine Brust gelegt, je näher er dem Vaterhause gekommen, aus dem ihm die Mutter nicht mehr entgegen tritt.

»Ja, Vaterle, vier Jahr!« spricht er trübe dem Alten nach, der ihm früher so stattlich erschienen war, daß er gemeint, mit dem könne es keiner weit und breit aufnehmen, und den er nun selber überragt.

»Oftmals in dem letzten einsamen Jahr hab' i gemeint, i könnt's halt nimmer ertragen, so allein zu sein, und hab' di kommen lassen wollen,« beginnt Eifert von neuem und legt dem Sohn die Hand auf die Schulter; »aber hingangen ist die Zeit auch schon, – und da bist!«

Peter blickt auf und ab, hügelauf und talwärts: da liegt die graue Burg und dort ist der Fluß und ringsum all die Plätze, wo er als Kind gespielt. Er hatte sich umgesehen in der Welt, aber immer voll Sehnsucht der Heimat gedacht; nun ist er zurück, – ja, nirgends war es so schön.

Als habe der alte Sägemüller seine Gedanken erraten, sagt er: »Mußt dich nun vollends heimisch machen, Bub; mußt bald umschauen und mir eine Sägemüllerin heimbringen, eine saubere, die auch Batzen hat. In solch ein Wesen und Werk gehört ein Weib, das ist gewiß. Und hätt' i nit auf dich gedacht, schau, da hätt' i selber mi noch entschließen müssen, – denn mit den Mägd' ist nur halbe Sach'.«

Peter lächelt, er weiß nicht, ob zu den Heiratsgedanken, die der Vater für ihn, oder zu denen, die er für sich selber gehabt. In die kreischende Musik der großen und kleinen Sägen hinein sagt er dann leichthin: »Ja freilich, so ein notwendiges Übel sind die Weibsleut' schon, – das kann eins überall lernen.«

»Oho,« meint der Alte, »da red'st ja närrisch. Ist wohl ausländisch? Hierzulande gilt's Sprichwort:

Es ist der beste Hausrat, Der ein fromm Weib hat.

Und i mein', dagegen läßt sich nix sagen; das ist ein' alte Wahrheit. – denkst nit?«

»Ei freilich wohl, Vaterle!« entgegnet beschwichtigend der Sohn. »Und i werd's doch auch nit vergessen, daß i ein brav's Mutterle gehabt hab,«

»I mein'! Und darum sollst auch nach einer braven Dirn ausgucken, die eine gute Söhnerin gibt,« antwortet der Sägemüller und schaut dabei an einer jungen Eiche empor.

Auch Peter blickt nach dem Eichenwald hinüber, als sei da plötzlich etwas Besonderes aufgetaucht. »Sauber muß sie sein!« sagt er.

»Brav und sauber,« bekräftigt der Sägemüller, »von innen und von außen zu leiden!«

»Sauber,« denkt Peter, und das Mädchen steht vor ihm, das er im Walde gesehen; so frisch, so schmuck! Freilich war die sauber, – aber, nein, solch eine Rechthaberische, Ungute, die möchte er nicht, gewiß nicht, und es ärgert ihn, daß er sie noch immer so gar genau vor Augen hat, mit den braunen Augen und den langen, blonden Zöpfen.

Ein wohlgefälliges Schmunzeln zieht um den Mund des Sägemüllers: »Da herum wären genug, die hier in der Mühl hausen möchten!«

»Sell glaub' i!« meint Peter, mit berechtigtem Stolz auf sein Elternhaus, »sell glaub' i gern! Und,« fügt er in dem früheren verächtlichen Tone hinzu, »die Weibsleut schauen vorerst immer aus, ob's Nestle warm ist!«

»Dein' Mutter hat mehr einbracht, als i gehabt hab. Die Mühl', das ganze Anwesen war in Schulden, und der Gant hat gedroht,« bekennt Eifert.

»O, die Mutter auch!«

Der Alte reibt sich die Augen. »Sie sollt' mi nit haben,« fährt er fort, »absolut nit. Sie hat aber nit von mir lassen wollen. Schau, unter der Eich', da hat sie mir's zugeschworen; hat keins etwas dagegen tun können, nit der Pfleger und nit die Stiefmutter; wir haben gewartet, bis sie volljährig gewesen ist. Ja, die!«

Es tritt eine Pause ein. In der Ferne ruft unermüdlich der Kuckuck. Peter lauscht darauf; der Alte legt die Hände auf den Rücken.

»Ja, 's war harte Zeit. Und nur einer hat zu mir gehalten, der Dieter da oben auf der Burg. Ist freilich damals noch nit oben gewesen; der hat uns voneinander zugetragen, was wir wissen mußten ... erinnerst dich noch an des Häsle's Päule?«

»Nit gar genau. Was ist's damit?« antwortet Peter

»Nix ist's.« Aber umsonst hat der Alte das doch nicht gesagt; bedächtig setzt er hinzu: »Die ist sauber und brav.«

»So,« gibt der Sohn gleichgültig zurück.

»Die wär' mir recht gewesen zur Söhnerin!« meint der Vater nach einer kurzen Pause wiederum.

»So?«

»Und dem Dieter Häsle wär' für sein' Einzigst sicherlich keiner lieber, als du!«

»Meinst?«

Der Müller hustet und legt eine Hand in die andere, als zähle er Geld: »Und Batzen gibt's da auch.«

Peter lacht: »Nun, Vaterle, hast aber alles vorbracht, was gut ist an der Dirn. Und nun muß sie selber einmal angeschaut werden, was?«

Da schüttelt Eifert aber den Kopf: »'s ist nit alles! Das Päule hat auch eine Mutter!«

»Sell sollt i meine!« ruft Peter lustig. »Das passiert am End' jedem!«

Aber der Sägemüller stimmt in die Heiterkeit nicht mit ein; er stößt einen Stein fort, der ihm gar nicht im Wege, und sagt: »Ein brav's Weib ist eben was arg Gut's, – und ein widerwärtig Frauenzimmer, damit kommt selbst der Teufel nit aus. Das steht fest!«

»Oho, oho!« macht der Sohn, als wollt er zu verstehen geben, daß er sich vor nichts fürchte, am wenigsten vor einem zornigen Weibe.

»Ja, ja,« nickt Eifert, »da ist dem Dieter sein Weib, die Ginele! Georgin, hört sie sich freilich lieber rufen, weil's städtisch ist, – weil's einmal Kammerjungfer oder Hausmagd bei der Herrschaft drüben gewesen ist. Nu, das möcht noch sein! Zuweilen hat sie nur die Müllerin aufbegehren gemacht, daß sie ein neues Gewand möcht, oder dergleichen. Weißt ja selber, wie sie gut miteinander gewesen sind; da ist nix in der Mühl' passiert, kein' Metzelsupp' gewesen, kein Kälble jung worden, daran die Ginele nit ihr Teil gehabt. I hab nix dawider gehabt; nur daß dein' Mutter ein Getu' gehabt hat, als gäb's nix Klügers auf der Welt, als dem Kastellan sein Weib, das hat mi zuweilen verzürnt. Sie konnt' schon neben ihr aus und saß auf ihrem Grund und Boden, und war weit herum bekannt und im guten Leumund als die Eichenmüllerin, – und die Ginele und der Dieter, die aßen doch Herrschaftbrod. Nein, i bin nie stolz gewesen und hab der Ginele ihren Stolz gönnt, – aber da war's mit dem Fest!«

Er holt tief Atem, und sein Gesicht ist finster geworden; die Tabaksdose gleitet aus einer Hand in die andere. Peter gibt nicht acht darauf; er schaut umher und freut sich des Anblicks der alten Plätze, auf denen er als Knabe gespielt, als Jüngling geträumt.

»Ja, das Missionsfest!« erzählt der Alte weiter. »Weißt, Bub', Missionäre haben sie drüben im Kirchlein eingesegnet, und weit her sind die Leut kommen; geschmückt haben sie alles, und jedes hat sich geregt, und gesammelt haben sie auch, und von der Eichenmühl da haben sie nit das Wenigst forttragen; dein' Mutter selig und i haben allzeit ein' offene Hand gehabt. Schau, Bub', dabei ist's passiert mit dem Streit!«

Peter hebt den blonden Kopf: »Gestritten haben sich die Leut?«

»Dein' Mutter selig und die hoffärtige Ginele! Und um nix Geringeres, als den gläsernen Kirchenstuhl, der für die Burgherrschaft ist. Dein' Mutter, hat gemeint, an solch einem Fest, wo sich die Leut drängen, da säß es sich arg gut dadrin, neben Ginele, die sich immer dort spreizt. Und das ist unrecht gewesen von deiner Mutter selig, daß sie nit hat zufrieden sein können mit ihrem Platz, wo sie die vielen Jahr die Predigt gehört hat, und der der Mühl eigen ist. Schau, hat's besser haben wollen vor all den Leuten und geht an der Ginele ihren Glaskasten, wo's drin gesesse'n wie ein Pfau, und meint: ›Rück auch ein wenig, i möchts so gut haben, als du! Was meinst, Bub?‹ Die Ginele dreht sich nur so herum, wie eine Schraub', und ruft überlaut mit ihrer kreischigen Stimme: ›'s ist wohl nit dein Ernst, Eichenmüllere! Daher willst sitzen, in dem Herrschaftsstuhl? Ja, das ist ein Spaß!‹

›»Ein Spaß gerad nit‹, hat dein' Mutter arglos gesagt. ›Eins sieht da besser!‹

»Die Ginele aber ist aufgesprungen und hat mit beiden Händen die Tür gehalten und geschrien: ›Von Amt und Brot käm' mein Dieter; der Platz ist nit für jedereinen! Und wenn das die Herrschaft erfahren tät! 's ist mir arg leid, Müllere, aber soviel sollst selbst wissen, daß du da nit hergehörst, wo die Burgleut sitzen.‹

»Jedereien' hat's zur Eichenmüllerin gesagt, das wüste Ding, und wenn die Gräfin selber drin gesessen hätt' in dem Stuhl, solch ein Geschrei hätt' die nimmer vollführt. Weiß, wie die Speis' vom Maurer, ist dein' Mutter worden, nix hat sie dagegen gesprochen und ist ganz still aus der Kirch gegangen. Unterwegs, da hab i sie angetroffen, weil i nachkommen bin zum Gottesdienst. ›I hab'n argen Kopfschmerz, i muß mi niederlegen;‹ hat sie gemeint. Wie denn die Geschicht vorbei war, da hab i gehört, daß die Einele die Ursach gewesen ist, warum mein Weib aus der Kirch geblieben ist, und hatt' sich doch so unbändig zuvor gefreut gehabt! Und die Einele ist an mi 'ran getreten: ›'s war mir arg leid, Müller, arg leid, aber das muß eins doch selbst wissen, mit dem Platz.‹ Nun, feine und schöne Kompliment hab' i nit gemacht, ist nit mein' Sach, wenn i verzürnt bin. Und so ist aus der Freundschaft eine Feindschaft geworden und ist's geblieben. Ist mir leid um den Dieter, und wenn i sein Päule seh', das so sauber geworden ist, da kommen einem allerhand Gedanken.«

»Ei, Vaterle,« ruft Peter, dessen Lustigkeit bei der von dem alten so ernsthaft genommenen Geschichte zurückgekehrt ist, »laßt das Einele und den Dieter und sein Päule zusammen sich spreizen in dem Glaskäfig! Ihr müßt nit just ein' Söhnerin von der Burg herunter holen wollen; 's gibt sicher talabwärts auch Mädele genug, sollt i meinen. An Frauenzimmer ist nie Mangel; das kann eins auch in der Fremd' sehen. Und denkt nur auch, Vaterle, 's gibt nit ein Hand voll, 's gibt ein ganz' Land voll, – sell ist auch ein alts Sprüchle.«

»Recht hast, Bub', recht hast freilich!« nickt der Alte. »Aber dein' Mutter hat das Päule arg mögen, gar arg, und hat's immer gelobt.«

»Drum, Vater! Und laßt's auch nur jetzt gut sein! 's wär' ja immer noch die Frag, ob i 's Mädel hätt' mögen!« sagt Peter heiter.

Den Alten steckt seine Sorglosigkeit an: »Da hast erst recht, Bub', bist ein Gescheitle; solch einer bin i nit, der die Leut zwingen tut, und das hätt' dein' Mutter selig auch nit tan; dabei kommt nix Gut's 'raus.«

Er reibt sich die Hände und sieht dem Sohne nach, der einige Schritte voran eilt, auf einen Mann zu, der den Müller zu suchen scheint. Wie der Bub' tüchtig zugriff, gleich, in der ersten Stunde! Ja, nun konnte er es gut haben, und wenn erst ein junges Weib im Hause schafft, dann muß alles recht werden. Was braucht er noch an das Päule zu denken? »'s gibt nit ein' Hand voll, 's gibt ein ganz' Land voll!« spricht er dem Sohne nach. »O, der hat's studiert; der weiß, wie's in der Welt ist.«

3.

»Und i sag, der Mensch muß immer höher 'naus wollen, da kommt's auch«, ruft die Kastellanin mit ihrer schrillen Stimme und einem schlauen Lächeln, »ja, da kommt's auch.« Dabei hantiert sie in dem runden Turmzimmer herum, auf der Jagd nach Staubkörnchen, die vergeblich versuchten, sich behaglich auf all den Dingen niederzulassen, die die ehemalige Kammerjungfer als Reliquien aus ihrer Stadtzeit angehäuft hat: alte Toiletten-Kissen, Fußschemel mit verblaßten gestickten Blumen, kleine Porzellan-Figuren mit defekten Armen und Beinen, ein Aquarell, das eine Katze darstellt, und ein Hunde-Himmelbett, das seit zwanzig Jahren keinen Besitzer mehr gehabt. Als besondere Prachtstücke tut sich hervor ein Klaviersessel, auf dem in verwitterten Farben eine Lyra prangt, und ein Ofenschirm, der einen verendeten Hirsch nebst einem grüngekleideten Jäger zeigt.

Die in demselben Raum befindliche Kuckussuhr hat Dieter zugebracht; sie gilt in Eineles Augen nicht soviel, als eine andere, falschgehende Uhr aus Porzellan, die zwei bronzene Bären halten, und die einst beinah verschuldet hat, daß sie sich im Dienst verschlief, – eine Tatsache, die lebenslänglich ihr Gewissen drückt.

Das Hundebettchen hatte Päule und ihre Spielgefährtinnen manchmal in Versuchung geführt, es für die Puppen nutzbar zu machen; doch die Kastellanin hatte dagegen stets feierlich protestiert. »I hab's erbt,« pflegte Ginele zu erzählen, »als der Bijou der Frau Gräfin hochselig hingeworden ist; und wenn i nit schlafen kann, mein i, i tu das Hündle noch bellen hören, – 's bellte zuweilen leis im Traum!« Und die Erinnerung an ihre Glanzzeit setzte ihre Hände in unruhige Bewegung nach den Augen, wobei man in Zweifel sein konnte, ob das der hochseligen Gräfin oder dem Bijou galt.

Die gestickten Dinge nahmen sich wunderlich zwischen den einfachen Möbeln des Turmzimmers aus, – »ganz zwiespältig«, hatte einmal Dieter Häsle gemeint, war damit aber arg von seiner Hausfrau zurückgewiesen.

»Sollt'st Respekt davor haben,« war ihre Antwort; »da sieht doch einer gleich, daß man Bessers kennt. Und wenn nur die Gräfin hochselig nit so unvermutet der Schlag getroffen hätt', da hätt'st erst noch was erlebt. Mein Stüble hätt' i sicher erbt, – und das waren erst Stühl und Tisch«, – und traurig hat sie das Haupt gesenkt, um die ihr geschenkten Stücke doppelt liebevoll und behutsam zu putzen.

Dieser Beschäftigung gibt sie sich jetzt wieder hin, während Päule an den bleigefaßten runden Fensterscheiben reibt. Diese Scheiben sind der Mutter bittrer Kummer, weil alle Dorfleute bereits große Spiegelscheiben haben. Wiederum einmal verleiht Frau Ginele ihrem Ärger hierüber lauten Ausdruck, so daß das junge Mädchen sich nicht enthalten kann, ihr zuzurufen: »Ach, Mutterle, wenn aber eins gar zu hoch steigt, kann's herabfallen!«

»O, du, du,« antwortet die Kastellanin, »du bist eine Kecke! I denk mir's noch, wie i erst in die Stadt kommen bin zu den vürnehmen Dienst! Und passiert ist mir nix, und war doch gewiß hoch hinaus, eine Kammerjungfer sein!«

Sie wendet sich und hält das Staubtuch wie eine Flagge in der Luft. »Dein Zöpf solltest auch hoch aufstecken und ein' Schlupf drauf tun, – sieht so lüderlich aus, wenn die nachschleifen!«

»Meinst?« fragt das Mädchen und dreht ihr Köpfchen rückwärts. »Der fremde Herr drüben hat sie gerad so gelobt!«

Da fliegt es wie ein Lächeln um Gineles herben Mund; sie bückt sich nach den geschweiften Füßen des Ofenschirmes und poliert ganz gewaltig daran herum. »O, solch ein Putztag!« sagt sie dabei, »nit gerad wird eins an dem.«

»Mutterle, Sie hat halt jeden Tag ein Putzfest!« meint das Mädchen.

»O je, o je!« stöhnt die Alte und erhebt sich wieder von den Knien, indem sie wie nebenbei hinwirft: »Mir ist's auch recht, wenn du die Zopf hängen läßt, – ja, mir ist's eins.«

Es ist sonst nicht ihre Art, zurückzunehmen, was sie einmal gesagt hat; darum macht Päule ein erstauntes Gesicht. Die Mutter aber geht hinaus und kommt schnell wieder herein: »Lauf, Päule, schöpf mir Wasser!«

»Aber Mutterle, die Gelte (Eimer) ist noch voll!«

»Lauf', sag i, und schöpf!«

Es klingt herrisch; Paule kennt den Ton und so geht sie hinaus und über den Hof dem Schloßbrunnen zu. Die Kastellanin blickt ihr nach; sie weiß wohl, warum sie ihr Kind fortgeschickt hat: dort drüben ist der Fremde mit seinen Zeichnungen beschäftigt.

Ja, Frau Ginele will hoch hinaus. »Eins kann nit wissen«, – Absonderliches ist schon manchen Leuten passiert; warum soll es ihrem Kind nicht passieren? Und daß der Fremde das Päule sauber findet, hat sie wohl gemerkt. Auf seinem Zimmer hat sie ein Blatt gefunden, auf dem in flüchtigen Umrissen die Gestalt des Mädchens, sich am Brunnen niederbückend, gezeichnet ist.

Päule hat seit dem Morgen im Walde manch schlimme Stunde gehabt; es ist zornig über sich selbst. Freilich war's ihr recht, daß sie dem Burschen so derb geantwortet; aber gar zu gern hatte sie gewußt, wer er war. Einer vielleicht, der nur durch den Ort gereist und nie wiederkam? Das wäre ihr lieb gewesen; der plauderte nichts aus. Ja, was denn? Daß sie sich gewehrt hatte? Das war ja ihr Recht; was sie aber zuletzt zu ihm gesagt, das war unrecht gewesen. Eine Freude zu verderben, das ist nicht gut getan, und dem hatte sie die Freude an dem hellen Maimorgen mit ihrem bösen Wort genommen. Ja, das war es!

Sie bückt sich nach dem Wasser, das unter der Mauer frisch hervorquillt, und macht sich selber ein böses Gesicht. Und wie sie die Gelte hebt, sagt sie: »Wenn i könnt, i möcht' ihm doch ein gut's Wort geben.«

Da rasselt etwas dumpf unter dem Torbogen herauf, so daß sie sich umschaut. Es ist ein mit Bauholz beladener Wagen; die Gäule müssen scharf angetrieben werden, daß sie über das steile Pflaster kommen. Der Architekt wendet sich gleichfalls um und kommt näher heran.

»Das ist pünktlich!« ruft er dem Führer des Wagens zu. Der zieht seinen Strohhut.

»Soll wohl sein; habt's ja zur Pflicht gemacht,« entgegnet er und lenkt das Gefährt sicher herum.

Dem Mädchen wird die Gelte schwer; mit beiden Händen muß sie zufassen, daß ihr das Gefäß nicht entfällt. Nur zu deutlich hat sie die Stimme und dann auch die Gestalt erkannt. Mit unsicherm Blick mißt sie die Entfernung zwischen sich und dem Turmeingang, – gerade an dem Wagen und an den Mannsleuten muß sie vorüber; da gibt es kein Entschlüpfen.

Aber noch steht und zaudert sie.

Hinter dem schlanken Burschen treibt sich ein graues Männlein herum, der Arturle. Der muß immer dabei sein, wo sich etwas Neues zeigt. Und jetzt hat auch er das Mädchen erblickt. »Grüß Gott, Päule,« ruft er herüber und lacht über das ganze Gesicht. »Da bist auch? Und schau, was für'n Schatz i da herauf bring! Gelt, der ist ein feiner!«

Das Mädchen tut als ob sie ihn nicht hört; aber »Komm auch, komm auch nur!« winkt das Männlein mit beiden Händen. Da dreht sich der Bursch um.

»Komm nur, Frauenzimmerle,« sagt er, »die Gäul' steh'n schon brav still!«

Wie Blei legt sich's auf ihre Füße; sie wollen absolut nicht vorwärts. Nun erkennt er sie auch. »So, du bist's,« meint er, »so, drum!«

Er nestelt an den Köpfen der Pferde und tut dann, als sehe er sie nicht mehr, und spricht mit dem Stadtherrn. So gewinnt Päule es endlich über sich, ein paar Schritte zu machen. Doch gleich vertritt ihr das Arturle den Weg. »Nu mach auch dein' Dank! Ein feiner Bub', gelt, den i dir bracht hab? Kein' andre soll ihn, keine!«

Und die Arme in die Luft hebend, tanzt er vor dem Mädchen auf und nieder.

»Laß mi vorbei!« herrscht Päule ihn an; Arturle aber tut nur um so lustiger.

»I weiß was, i weiß was!« jauchzt er. »Peter und Paul, die tun zusammen gehören; Peter und Paul, die stehn im Kalender, – juhe, Peter und Päule, die geben ein Paar!«

Der junge Sägemüller haut so kräftig mit seiner Peitsche durch die Luft, daß die Pferde erschreckt zusammenfahren. Auch ihn muß der Ausspruch des närrischen Männleins geärgert haben; aber er wehrt ihm nicht. Als nun Arturle das zornige Gesicht des Mädchens sieht, wird er vollends übermütig.

»Glaubst nit, Päule? Traust nit? I weiß es aber! Schau, Brig und Breg bringen die Donau 'zweg, – und der Peter und das Päule, die geben ein Paar!«

»Du nichtsnutziger Ding, du!« ruft das Mädchen endlich und hebt die Hand wie zum Schlagen; da sucht der Arturle an ihr her vorbeizuschlüpfen, und im Augenblick liegen die Gelte, das Päule und das Närrlein mitsammen am Boden.

Die Kastellanin sieht es vom Stübchen aus, wo sie gelauscht hat, wie's sich ausnähme, wenn ihr Kind so keck an dem Stadtherrn vorbei ginge, nun schlägt sie erschrocken die Hände zusammen: für so ungeschickt hat sie ihr Päule nicht gehalten; sie schämt sich gar vor sich selbst.

Der Arturle muß sehen, wie er aufkommt; es gelingt ihm auch nach einigen vergeblichen Versuchen. Das verschämte Mädchen aber fühlt sich von einem kräftigen Arm emporgezogen, und scheu bückt es um sich, als es wieder auf festen Füßen steht. Nein, der Bursch ist es nicht gewesen; der schafft noch an seinen Gäulen, – der Herr Rupert war's.

»O,« stammelt Paule, »i dank schön; i hab gar nit gewußt, wie das kommen ist!«

Und kläglich schaut sie an ihren triefenden Kleidern herab. Dann aber packt sie wieder der Zorn, und hochrot im Antlitz ruft sie: »Der Arturle, der dumm Ding, der ist immer im Wege!«

Arturles Röckchen ist auch unter die Traufe gekommen; aber er schüttelt sich wie eine Krähe, der die Flügel naß geworden, und lacht wieder lustig.

»Schimpf du nur, Päule, schimpf nur! Einen feinen Schatz hab i dir doch bracht, gelt? Schau ihn nur an! Und ein Verslein hab i auch gemacht. Brig und Breg bringen die Donau z'weg, und der Peter und das Päule, die geben ein Paar! Hurra, auf der Hochzeit, da will i einmal tanzen!«

Päule tut wieder, als hört sie das nicht: sie hat noch etwas Schweres zu verrichten; ganz hart am Wagenrad liegt ihre Gelte; just dahin hat sie beim Sturz rollen müssen. Das Männlein kann sie nicht beauftragen, das Gefäß zu holen; das wäre gleich wieder in seine dummen Späße verfallen, – so muß sie sich selber ein Herz fassen. Aber wie sie dicht neben dem Wagen steht, ist auch der Fuhrmann gerade an die Seite getreten. Hart neben ihm muß sie sich bücken. Die Gäule stampfen unruhig das Pflaster; wenn sie nur ein wenig den Wagen zurückschieben, gerät sie in Gefahr; aber um alles in der Welt hätte sie den Burschen nicht bitten mögen, acht auf sein Gefährt zu geben.

Endlich hat sie glücklich die Gelte und braucht nur noch um den Wagen herumzugehen, da sagt der Bursche: »Päule heißt? Bist wohl des Dieter Häsles?«

»So heiß' i, und der ist mein Vater! Aber,« – der Zorn übermannt sie wiederum, – »warum das alle Leut' zu wissen brauchen, seh' i kein' Notwendigkeit. I hab' di auch nit gefragt, wie du heißen tust!«

»Oho,« lacht er, »das kannst wissen. I bin der Peter aus der Eichenmühl! Zuwider hast wohl nix?«

»I, nein, – bewahr, – stammelt sie, »i möcht' nur da vorbei!«

»Ja so!« ruft der Bursch, »I bin im Weg! Hab freilich dacht, der ist hier weit genug: aber's gibt Leut', die erzürnt alles, – hü, hott!«

Er treibt seine Pferde an, und hastig schlüpft sie vorbei. Aber tiefbeschämt läßt sie den Kopf hängen. Nun hatte sie all die Zeit daran gedacht, wie gern sie dem Fremden ein gutes Wort geben möchte, und jetzt, da sie ihn gesehen, ist wieder das Gegenteil daraus geworden.

Hinter der Tür steht die Mutter. »Du auch,« schilt sie, »so ungeschickt bist nimmer gewesen!«

Paule schluchzt fast: »Wenn all die Gäul da stehn und die Mannsleut!«

»Ist's Fuhrwerk von der Eichenmühl, – freilich!« antwortet Ginele, als sei dadurch der Unfall veranlaßt worden. »I weiß nit, der Bub' dabei –«

»Ist ja der Peter von drunten, der aus der Fremd' heim ist!« entfuhr es Päule.

»So, so! Sell hab i gleich denkt. Hat so'n grobe Art, scheint's, wie sein Vater. I mein, er geht hart um mit den Gäul'!«

Päule sagt nichts; sie steht in nassen Schuhen, und ein Frieren überkommt sie, nachdem der Zorn verraucht ist.

»Hat kein' Hand gerührt, der Bub'; aber der Herr Rupert, schau, der hat dir aufgeholfen.«

Das Mädchen schwingt seine Zöpfe nach rechts und links und sagt halblaut: »O, i wär' auch ohnedem aufgekommen!«

»Aber Stadtleut' und gar Studierte!«, fährt Ginele fort. »Päule, wenn du gescheit bist, da erleben wir noch was!«

»Ja, was meint Sie denn auch nur, Mutterle?« »O nix nit, – aber hoch muß einer naus wollen. Schau, die jetzig' Gräfin ist auch nit aus dem rechten Stand gewesen und ist nun doch auch ein' reiche Wittib. 's geht wunderlich her in der Welt! Und i bin da, Päule, verlaß di auf mi!«

»Ja, Mutterle,« ruft das Mädchen aus der Ecke, wo es in seine anderen Schuh schlüpft, »wenn i's nur einmal verstünd. Du bist halt zu klug worden in der Stadt, und das hat sich all die Jahr nit gelegt!«

Ein leises Lachen klingt durch die Worte hindurch, aber das überhört Ginele über der Schmeichelei. »Drum!« antwortet sie; »brauchst's auch noch nit zu wissen! Was i im Schild' führ', ist was Gutes, – ganz andres als was dein Vater gewollt hat.

»Was hat denn der Vater gewollt?«

Ginele zeigt nach der Haustür, ein verächtliches Lächeln spielt um ihren Mund.

»Den da, – schau 'naus, – den Buben da hätt'st freien soll'n! Der Vater und der Eichenmüller, die hatten einander 's Wort drauf gegeben, noch eh der Peter in die Fremd' gangen ist. Wie i mi dann mit der Müllerin verzürnt hab, weil sie hat so vürnehm sein woll'n, als i, da ist's freilich ausgewesen mit dem Planmachen!«

Dann geht sie hinaus, um ihre Arbeit im Burggärtlein zu besorgen.

Päule, die mittlerweile mit ihrem Umkleiden fertig geworden, schaut hinter der Tür weg dem jungen Eichenmüller zu. Er kann sie nicht sehen. Knechte sind nachgekommen und verladen das Bauholz; gar tapfer faßt er mit zu.

Die Mutter ist gegen ihre Gewohnheit recht redselig gewesen. Wie wunderlich! der Vater und der Müller hatten gemeint, sie und der Peter sollten einmal zusammengehören, – gerad' wie's der närrische Arturle gesungen hat. Dem Burschen, den sie im Walde getroffen, dem hatte man sie einmal zugesprochen, – sie konnte über den Gedanken gar nicht hinwegkommen. Und nun entsann sie sich auch wieder, wie gern sie in die Eichenmühle gegangen ist; die Müllerin hatte immer so ein gutes, freundliches Gesicht gehabt. Dem Peter war sie freilich von jeher nicht besonders zugetan gewesen; der hatte sich nie um sie kümmern wollen, so oft ihm die Müllerin auch zugerufen: Du, spiel' einmal mit dem Päule!

Drüben kommt der Vater langsamen Schrittes daher. Ehe er beim Wagen ist, schaut er sich vorsichtig nach allen Seiten um, so tut er immer, wenn die Mutter nicht gerade gewahren soll, was er unternimmt. Dann tritt er zu dem jungen Eichenmüller heran.

»Grüß Gott, Peter, mi kennst wohl nimmer?« sagt er und bietet dabei die Hand, in die der andere rasch die seine legt: »Freilich wohl tu i Euch kennen! Ihr seid der Häsle – und habt Euch nimmer geändert in den vier Jahr' –«

»Aber du, Bub',« rief der Kastellan, »du bist ein Rechter geworden! Gerad so schaut' dazumal dein Vater aus, – i sollt meinen, der wär' wieder jung geworden. Und wenn i mein' grauen Kopf vergessen könnt', so würd' i sprechen: Komm auch, Peter, laß uns ein Schöpple zusammen trinken!«

»Das kann geschehen, das kann bald geschehen!« entgegnet Peter. »Kommt nur in die Eichenmühl; da ist ein guter Wein, und für die Lustigkeit ist auch gesorgt.«

Dieter Häsle kratzt aber seinen Kopf unter dem Sammetkäpplein, das ihm Ginele aufgeschwatzt, des besseren und würdevollen Aussehens wegen, wie sie sagt.

»Peterle, mei Söhnle, die Zeiten sind nimmer dieselben!« entgegnet er kläglich.

»Ach so,« antwortet der junge Sägemüller, »sell hab' i vergessen! Ist ja halt nit, wie früher, die gute Nachbarschaft zwischen den Burgleuten und der Eichenmühl. Aber,« – er schlägt treuherzig dem Kastellan auf die Schulter, – »i mein', das hat nur die Frauenzimmer angegangen; was hindert Euch denn, zum Vater zu kommen, was?«

Eine direkte Antwort gibt der Kastellan nicht.

»Gut's Bauholz, das Ihr da liefert!« sagt er; »Nun, jetzt wird's lebig hier oben. Die Frau Gräfin läßt bauen und will selbst hier wohnen. Mein, was für'n stattlicher Kerle du geworden bist! I vergönn's dem Müller, i tu's. Er ist arg einsam gewesen, sollt' i meinen!«

»Ja, Gevatterle, warum habt Ihr ihn denn nimmer besucht?« fragt Peter, mit den Augen zwinkernd.

»O, du, du! Das fragt sich so leicht ... Die Zeit wär' schon dagewesen, aber –«

»Die Erlaubnis hat gemangelt. O, so was! 's ist nit zu glauben! Wer wird sich auch's Frauenzimmer so über werden lassen. I tät's nit, i wär' und blieb der Herr im Haus!«

Dabei hebt er einen Stamm empor und läßt ihn schallend herabrollen.

Päule nickt hinter der Tür. Das glaubt sie schon: der ist einer, dem kommt keiner über! Aber mißfallen tut es ihr nicht, daß er so bestimmt redet.

»Mein Ginele,« sagt Dieter Häsle, »ist ein bißle hitzig, sonst aber ganz gut. Und nachtragen tut's auch gern, ist sonst aber brav! Und wenn einer Frieden haben will in sei'm Haus –«

Der Peter hebt einen andern Stamm auf und schaut dann den Kastellan ein wenig über die Schulter an: »Sein Mädele hat wohl von der Mutter geerbt?«

»Das Päule? O, nein, das ist nit herb,« entgegnet der Vater.

Das Blut schießt ihr ins Gesicht, als sie ihren Namen hört; es wird ihr ganz angst in der Brust; sie hält den Atem an, als könnte sie dann besser hören, was die zwei reden, und es ist ihr doch bisher nicht eine Silbe entgangen.

»Warum meinst?« fragt der Vater.

»O nur so!« lautet die Antwort.

Das ist eine wahre Großmut, denkt das Mädchen bei sich; da muß sie sich ja wahrhaftig schämen; sie wußte wohl, was er hätte sagen können.

»Also grüß dein' Vater, und i tät bald kommen!« verabschiedet sich der Kastellan.

»Soll ein Wort sein!« ruft Peter.

Dieter Häsle hat noch mit dem Stadtherrn zu tun; Päule sieht die beiden durch den innern Torbogen gehen; die Ablader sind mit dem Wagen fertig und wenden sich abwärts. Das Mädchen wartet noch eine Weile; der Peter rüstet sich gleichfalls zum Fortfahren.

Schämen muß sie sich, – weiter denkt Päule nichts; großmütig ist er gewesen und hat doch gar keine Ursache dazu. Und nun tritt sie kurz entschlossen heraus und auf den jungen Sägemüller zu. Er muß sie gar nicht haben kommen hören, denn er schaut recht erstaunt auf.

»Du auch,« beginnt sie, »'s ist mir leid, – da neulich –«

»Oh!« macht er abwehrend.

»Man hat manchmal ein' Zorn,« stammelt sie.

»Ja!«

Als ob er nichts weiter sagen könnte, – und doch hat er soeben noch so viel mit dem Vater geplaudert.

»Schau, es war so unvermutet, – und da ist's mir entfahren, –« beginnt sie wieder.

»I hab' nimmer dran denkt!« unterbricht er sie.

Sie weiß es genau, er sagt eine Unwahrheit; hat er doch vorhin gefragt, ob sie immer so wäre. Die Tränen wollen ihr in die Augen dringen, daß sie so herb zurückgewiesen wird.

»I denk' mir's noch: wie du ein Bu' warst, hast nimmer mit mir spielen woll'n!« versucht sie wieder. Es ist ihr so wirr zumute: wenn ihr nur jemand zu Hilfe käme, und wäre es selbst die Mutter.

»Hab i nit? Sell wird wohl seinen Grund gehabt haben!« antwortet er und schaut sie gar nicht an.

»Welchen denn?«

Er lacht: »Nun, kennst das Sprichwörtle nit? Was ein guter Haken werden will, der krümmt sich beizeiten. Und eine schneidige Dirn wird auch gerad' kein sanft's Kindle gewesen sein. Und i, –« er richtet sich plötzlich auf und erscheint ihr noch viel größer und männlicher als vorher, – »i hab' von je nix übrig gehabt für herbe, scharfzüngige Weibsleut!«

Ihr ist es, als ob sich alles um sie herum drehte, als wollten die grauen Mauern auf sie herniederfallen.

»Grüß Gott und guten Abend!« sagt Peter und treibt seine Gäule an; der Wagen rasselt davon. Langsam geht sie ins Haus zurück. Sie hat sich vorhin geschämt und ist nun beschämt worden; sie meint, das würde sie niemals überwinden.

Neben dem Ofenschirm kauert sie nieder und beginnt zu schluchzen. Nach einer Weile kommt die Mutter herein und fragt: »Ja, Dirn, was hast denn auch? I glaub fast, daß du dir weh getan hast bei dem Fall!«

»Arg weh!« wimmert Päule.

Es ist nur gut, daß Ginele nicht auch noch des Abends spät ihre Reliquien putzt; sonst würde sie entdeckt haben, daß der grüne gestickte Jäger, gegen den Päule ihr blondes Köpfchen gelegt hatte, völlig von Tränen benetzt war.

4.

Ein reges Treiben herrscht jetzt auf der alten Burg. Bauholz und Steine häufen sich in Unmassen im äußeren Hof an; Arbeiter gehen ab und zu. Ginele könnte nun schon den vollen Tag am Putzen bleiben, wie sie klagt. Aber sie nimmt es doch mit guter Miene auf und hat dabei der Tochter gegenüber so eigentümliche Redewendungen. »Wer auf den Berg will, muß sich Müh' geben und steigen,« sagt sie, oder: »So eine Mutter, die ihr Kind lieb hat, der wird nix zu schwer.«

Päule hört das an und fragt nur selten nach dem Sinn; sie ist fleißig, wie immer, aber sie singt nicht mehr so fröhlich, wie sonst.

Wenn der Architekt in der Nähe ist, – Ginele hat eine wahre Kunstfertigkeit darin erlangt, stets zu wissen, wo der Bewegliche steckt, – so muntert die Mutter sie auf: »Sing' auch eins!« Aber Päule sucht sich damit zu entschuldigen, daß ihr's in der Brust weh täte. Sie muß fast immer in Sonntagkleidern gehen: »Guck auch,« sagt Ginele, »da oben ist's jetzt so lebig wie in einem Immenhaus; so arg viel Leut', schau, deshalb.«

Mit dem Herrn Rupert treibt Päule manchmal Kurzweil; er kann so spaßig sein, hat sie schon an den blonden Zöpfen gehalten, bringt sie zum Lachen und meint, er müßte sie einmal malen, ganz so groß, wie sie ist.

»Geht auch,« hatte sie entgegnet, »ein' Turm mögt Ihr bauen können; aber so einen Menschen wie lebendig abmalen, das glaub i nit!«

Im Burggärtlein, das sich terrassenförmig erhebt, dort oben bei den sieben alten Linden, hat er auch schon neben ihr gesessen und zugesehen, wie sie die wollenen Socken strickt für den Vater, und hat ihr allerlei erzählt von seiner alten Mutter, daß es ordentlich rührsam gewesen ist.

Seit der Zeit schickt Ginele ihr Töchterlein gar oft auf den schönen Platz, von dem man weit ins Land und über die Berge sehen kann, und nimmt ihr die häusliche Arbeit ab. Einmal hatte Päule ihre Bewunderung laut ausgesprochen: »Ei, Mutterle, i komm' mir ja wie'n Fräule vor!«

Da hatte sie so eigen gelacht: »Wer weiß, ist nix auf der Welt unmöglich, und Eins muß nur hoch hinaus wollen!«

Sie hatte lachend geantwortet: »Daß i, Kastellans Päule, aber noch 'n Fräule werd', das ist unmöglich! Sell möcht' i gar nit einmal!«

»Dummer Tropf!« hatte die Mutter ganz ärgerlich gerufen und noch hinzugesetzt: »Artest halt auf den Dieter, dein' Vater; der verwundert sich all sein Lebtag, wie er's nur zum Kastellan hat bringen können; ist ihm halt zu hoch. Da bin i anders, – weiß Gott, i tät mi für eine Gräfin schicken!«

»O, Mutterle, hör' Sie auch auf! Sie mag vürnehm sein, – aber, –« und Paule war gar arg ins Kichern geraten, weil sie sich die Mutter vorstellte in einem langen, seidenen Gewand, das wie ein Besen über den Schloßhof fegte. »Aber, Mutterle, ein' Gräfin, nein, die kannst nimmer vorstellen, dazu gehört mehr!«

»Was kann i nit?« hatte Ginele da gekeift. »I nehm's noch mit mehr auf; 'i steh mein' Mann!« –

Päule sitzt wieder unter den Linden und strickt. Ab und zu lugt Ginele aus dem Küchenfenster, um zu sehen, ob ihr Kind nicht Gesellschaft bekommen habe. Diesmal ist es aber nur der Vater, der sich neben sie aufs Bänklein gesetzt hat.

Er sieht jetzt weit vergnügter aus, seit er von Herrn Rupert so viel zur Hilfeleistung begehrt wird.

»O du auch, Mädele,« spricht er, »es wird ein heißer Sommer. Der Bau soll schnell gehn: die Frau Gräfin kommt bald. Ja, unruhig ist's schon da heroben, aber unterhaltsam.«

Päule nickt: »Freilich, ist dem Vater einsam gewesen. Hätt'st dir Freund' suchen sollen!«

Dieter Häsle seufzt. »Ach, guck auch, neue Freund' in mei'm Alter, – da macht sich das nit mehr!«

»Da sucht man sein' alten Freund'!«

Dieter seufzt wieder. »Ja auch, schau, da ist der Müller. Kein' liebern hab' i nit gehabt, – da hat sich dein' Mutter verzürnt! Freilich, ein braver Mensch ist der Eichenmüller, und sein Peter tut ihm nachschlagen.«

»So, weiß das der Vater?«

»Ei freilich, freilich!«

Päule schaut ihn von der Seite an: »Woher denn? Kennst ihn ja nimmer!«

»O, so'n bißle doch! I sprech' jetzt, wenn i Gäng hab', doch zuweilen in der Eichenmühl' vor. Dazu ist der Peter die Veranlassung; er meint, alte Freund' sollten zueinander halten.«

»Recht hat er!« spricht das Mädchen entschlossen.

»Der Mutter brauchst's nit zu verraten!«

»O, Vaterle!« entgegnet sie und sitzt während einer kleinen Pause ganz still, bis sie wieder das Wort findet: »Ist vernünftig von dem Peter gewesen!«

»O, der,« ruft Dieter, »der ist einer! Ja, solch'n Sohn, das kann den Alten freuen.« Und abermals seufzt er, nachdem er ein Weilchen vor sich niedergeschaut hat.

»Was hast denn, Vaterle?«

»I mein' nur so! Wenn der Streit nit gewesen wär, der dumme Streit, schau, Mädle, da könnt's gar nit anders sein, als daß du und der Peter ein Paar würdet.«

Sie tut nicht einmal überrascht; nur den Kopf senkt sie ein wenig tiefer.

»Ja, der Streit,« fährt der Alte fort. »O, Weibsleut'! 's Ginele hatt' unrecht und die Müllerin am End' auch. Wir reden ab und an davon, wie's schön hätt' sein können mit unsern Kindern!«

»Vater, hört denn das der Peter auch?« fragt sie leise.

»Ei, freilich, und er lacht dazu.«

»Er spottet wohl, Vaterle?«

»Was soll er denn spotten? Hätt' auch ein' guten Griff getan an mei'm Mädele! Bist brav und erbst, – aber er ist nit arg für die Frauenzimmer.«

»Ist er nit?« ruft sie lebhaft und setzt dann hinzu: »Wird schon eine finden!«

»Das ist gewiß! Der Eichenmüllers Sohn kann ein Dutzend finden. Sind ihm auch schon viele angetragen.«

»Schon viele!« sagt das Päule ihm nach.

»Er will aber noch keine!«

»Da hat er recht!« antwortet das Mädchen bestimmt. Der Vater gab nicht darauf acht; er horcht auf das Geräusch eines Wagens und geht zurück in den Burghof.

Päule läßt die Hände mit dem Strickstrumpf sinken und denkt nach. Es wird ihr wunderlich zumute. Da saßen sie in der Eichenmühle und redeten davon, daß sie und der Peter hätten ein Paar werden können: »So arg dummes Zeug!« sagt sie geärgert und erhebt sich gleichfalls.

Den Weg durch den Turmbogen will sie einschlagen; als sie aber in die Nähe des letzteren kam, hört sie einen Wagen hinter sich. Nun muß sie eilen, denn das kann der Peter sein, und so läuft sie so schnell vorwärts, daß sie, unter dem Mauerbogen angekommen, atemlos gegen die Wand taumelt. Zugleich aber hört sie Stimmen, die des Herrn Rupert und Peters; ihm hat sie ausweichen wollen und ist nun zwei Schritt vor ihm. Die Männer drehen ihr den Rücken und gehen wohl auch gleich weiter; so kann sie warten und dann ungesehen von dannen schlüpfen.

»Aber sagen Sie, Herr Rupert,« hört sie den Peter reden, »was für ein Begebnis hat's denn da mit der abgehauenen Hand? Ist ja ein wahr's Schrecknis zu sehn!«

Der Architekt nickt mit dem Kopfe: »Gelt auch, das mag vorzeiten manch einen erschreckt haben, der da heraufgekommen ist. Ist nit gut zu sehen, hat seine Bedeutung aber gehabt.«

Peter aber ist nicht so leicht zufriedengestellt. »I möcht's eben genau wissen,« entgegnet er, »wie's gewesen ist. Die Kinder im Dorf, die fürchten sich allemal.«

»Ja,« sagt bei Architekt, »und früher die großen Leut' auch, wie's noch seine Gültigkeit gehabt hat. Einmal sind die Windecker mächtig gewesen, ein stark Geschlecht, das den Landmann arg bedrückt hat mit Steuern und Fronen. Was lest Ihr da unter der Hand auf dem Brett: ›Wer dieser Burg Frieden bricht, der wird also gericht'.‹

Die Hand sollte dem abgehauen werden, der hier Krieg und Streit brächt' und dem Gesetz zuwider tat, das die Burg- und Zwingherrn sich gemacht.«

Peter nickt verständnißinnig mit dem Kopfe. »Ja,« meint er, »eine schöne Zeit war's für den Bauer unten! I möcht sie mit erlebt haben, Herr Rupert; i hätt' nit still dazu gehalten.«

»Glaub's wohl!«

Die beiden Männer stehen einen Augenblick in Gedanken; dann hebt Peter an: »Freilich, so mit Unfrieden ließ i mir auch nit in die Eichenmühl kommen, so auf den Grund und Boden, der einem zugehört. Und was recht und billig ist, – wer mir antastet, was mein gehört, da könnt' i auch die Axt heben!«

»Ei, tut Ihr zornig!" ruft lachend der Städter. »Raufen möcht' ich schon nicht mit Euch, Peter. Nun, was sollten wir auch miteinander haben?«

»Sell ist wahr; wir kommen schon aus!« erwidert Peter. »Ein schöner Besitz, die Eichenmühle,« sagt der Architekt, »und wenn Ihr das Geschäft so rührig treibt, wie jetzt mit Eurer frischen Kraft, da sind's gute Aussichten.«

»I will nix Besser's, als tüchtig zu schaffen haben,« meint Peter.

»Doch, eins weiß ich noch!« erwidert der andere; »das ist eine Müllerin!«

»O, damit hat's gute Weg',« wehrt der junge Sägemüller ab.

»Sagt's nicht! Und ich weiß Euch eine Saubere. Soll ich für Euch freiwerben gehn?«

»Da wär i begierig!« lacht Peter.

Der Architekt deutet nach dem Turme: »Die Dirn' drinnen!«

Beide Arme erhebt der Bursche abwehrend: »Das Päule? Das ungute Ding? O, da käm' i schön an! Das möcht' i nimmer denken!«

Dem Mädchen läuft es heiß über; sie mag nicht länger die Lauscherin spielen, und hart zu den beiden herantretend, ruft sie: »Brauchst's auch nimmer zu denken, o du, – du! I bin nit recht für di und du nit für mi, – daß du's weißt, Eichenmüller!«

Die Stimme zittert ihr, und selbst ihre Lippen haben die Farbe verloren.

»O, Päule!« ruft der Stadtherr bedauernd.

Peter zuckt die Achseln: »Nun, wenn sie's gehört hat, ist's mir auch eins! I mach' kein Hehl aus dem, was i denk'. Und's Mädele just auch nit, – i könnt' davon reden!«

Als Päule wieder in der väterlichen Behausung anlangt, ist es ihr lieb, daß sie der Mutter nicht in den Weg läuft; sie geht in ihr Kämmerlein und schaut von dort in das Lindengrün hinab. »Es ist so öd' in meiner Brust,« denkt sie; aber sie weint nicht, wie noch vor kurzem. Nein, sie hat ihren rechten Stolz wieder.

5.

Die Kastellanin stellt den großen Gugelhopf, den sie nach einem städtischen Rezept gebacken, – eine Kunst, auf die sie nicht wenig stolz ist, – behutsam in einen Korb Der Dode (Pate) Geburtstag ist, und Päule soll mit dem Gebäck hinüber ins Dorf, jenseits des Tannenwäldchens. Ginele selber wird mit Putzen nicht fertig bis zum Abend, wo sie ihr Kind wiederholen will.

Mit einem feierlichen schwarzen Kleid und einem sauberen Kragen angetan, einem runden, weißen Schäferhut mit drei Rosenknospen auf dem Kopfe, ist Päule in das Gärtchen hinabgestiegen, um noch ein Sträußchen zu pflücken; Nelken, Gelbveigelein, Rosmarin duften gar schön durcheinander. Sie kommt sich selbst ein wenig fremd vor in dem Abendmahlskleid und dem Hut, der in der nächsten Stadt gekauft ist, weil's die Mutter nicht anders gewollt, und das Bücken fällt ihr schwer; das geht in ihrem kurzen Werktagsgewand besser, und der Hut wirft einen Schatten über sie her, so daß sie oft in die Höhe blinzeln muß.

Auch ist sie unmutig, daß sie allein den Weg machen soll, – nicht als ob sie sich fürchtet; aber sie ist nicht in guter Stimmung. Es will ihr nicht aus dem Sinne, daß der Peter sie neulich ein ungutes Ding genannt, für gar so schlecht und unlieb hat sie sich doch nicht gehalten. Es muß aber wohl wahr sein, wenn man's ihr so frisch weg ins Gesicht sagt, wie mans hinter ihrem Rücken gesprochen.

Sie hat ohne Wahl die Blumen zusammengefaßt, windet einen Faden herum und denkt dabei, daß außer Vater und Mutter und der halbtauben Dode ihr eigentlich niemand anhänglich sei. Freundinnen hat sie nicht; der Mutter sind die Dorfmädchen zu gering gewesen, »Ein halb's Fräule bist immer,« hat sie stets gesagt, und wenn die Dode nicht eine Schulmeisterswittib gewesen wäre, was doch schon was Höheres war, so würde Frau Ginele ihr auch keinen Gugelhopf gebacken haben.

»Ei, Päule, wem gilt denn der Strauß?« fragt da plötzlich neben dem jungen Mädchen Herr Rupert. »Und bist ja so fein, als wollt'st mit einem Schatz zum Tanz?«

»I tanz nit, und i hab' auch kein' Schatz!« entgegnet sie, ohne aufzublicken.

»Nun, gegeigt ist bald, und für eine saubere Dirn findet sich auch leicht einer, der sie mag.«

Päule wickelt in der Verlegenheit den Faden wieder ab. »I möcht' davon gerad' nix,« sagt sie, »nit vom einen und nit vom andern!«

Der Architekt lacht: »O du, so reden alle!«

Sie bückt sich nach etwas Melissenkraut, – das gibt auch noch einen guten Geruch, – und antwortet dabei: »I denk', besser kann's gar nirgends sein, als bei Vater und Mutter; i verlang's nit anders. Die Mannsleut tun nit immer fein daheim und bleiben wirklich nit so, wie sie sich stellen!«

»Mädel,« rief der junge Mann, »woher tust denn so erfahren?«

Das weiß sie selber nicht; sie nestelt die Blumen aufs neue zusammen und stammelt; »I? Nun, so reden alle Ehleut'.«

»Bist noch nimmer einem gut gewesen?« fragt Rupert und versucht ihr in die braunen Augen zu schauen. Es ist ihm kurzweilig, ein wenig mit dem Mädchen zu scherzen; hat er doch hier oben jetzt auch schon seine langweiligen Stunden. Er saht nach ihrer ledigen Hand und fragt nochmals: »Kannst dir das nimmer denken, Päule, wie man einem gut sein mag?«

Aber ehe sie sich besinnen und antworten kann, erschallt Ginele's Stimme: »O Päule, komm auch, komm auch schnell!«

»Wirklich ruft die Mutter!« entgegnet das Mädchen; »da muß etwas geschehen sein!« Schnell wendet sie sich und fliegt dem Hause zu.

Die Kastellanin hat von der Küche aus wahrgenommen, daß der Stadtherr zu ihrer Tochter herangetreten ist. Der Gugelhopf steht, reich mit Zucker überstreut, bereits in dem Korbe, den diesmal Päule am Arm tragen soll, damit sie sich in dem Hut zeigen könne. Diesen Hut hält Ginele für so herrlich und kleidsam, daß Päule ihr dann unwiderstehlich erscheint: vielleicht wirkt dieser Reiz schon jetzt auf Herrn Rupert. Noch freut sie sich an dem Anblick ihres Töchterchens, – da geschah etwas, was ihren Gedanken jäh eine andere Richtung gab.

Eine Dame erscheint in dem Torbogen, elegant gekleidet, kurz geschürzt, das Gesicht unter dem Sonnenschirm halb verborgen.

Eine wirkliche Dame, – darauf versteht sich Ginele, – wer anders konnte das sein, als die Frau Gräfin selber?

Gineles Wirtschaftsgerät fliegt in den Winkel; sie will hinausstürzen, besinnt sich jedoch, daß Morgenhaube und Schürze erst gewechselt werden müssen; Päule aber ist so schön, daß sie jedem unter die Augen treten kann: so erschallt denn ihr lauter Hilferuf.

Zu einer Frage kommt das herbeistürzende Mädchen gar nicht. Ginele schlingt die weißen Haubenbänder durcheinander und sagt: »Rasch hinaus! 's ist die Gräfin; i komm gleich nach! Schau nur, da ist sie!«

»O Mutterle,« erwidert Päule, in deren Erinnerung eine Gräfin ganz anders aussieht, »die da, in dem Kleid, – 's ist kein' Seide, und auf solchen Stelzschuh'n, – schau nur, die ist's nimmer. Und nit zu Wagen!«

»Mach, daß du weiterkommst!« ruft die Kastellanin, der die Glieder vor Aufregung beben. »I kenn' mi aus! I bin nit umsonst Kammerjungfer in einem gräflichen Haus gewesen. I kenn' mi aus!«

Langsam trippelt Päule die zwei Stufen hinab; die Fremde nimmt sie nicht wahr, die blickt forschend über das Chaos von Holz, Steinen und Mörtel hin, als suche sie jemand. Den Sonnenschirm hat sie jetzt zugeschlagen, und Päule gewahrt stolze, schwarze Augen in einem schmalen, blassen Gesicht.

Sie geht immer in den Fußtapfen der Fremden, die sich zu wundern scheint, daß gar kein lebendiges Wesen auf dem weiten Hofraum auftaucht.

Schon aber tritt die Mutter aus der Tür; nun will sich Päule ein Herz fassen zu einer Anrede, – da kommt von der anderen Seite Herr Rupert.

»Gräfin!« ruft er überrascht, zieht dann den Hut, verbeugt sich tief, und setzt förmlicher hinzu: »Gnädigste Frau Gräfin!«

Die Dame entgegnet mit mattem Lächeln: »Das ist unerwartet, nicht wahr? Aber Sie wissen ja, Herr Rupert, ich liebe es, zu überraschen. Und das ist mir gelungen, – ich finde die alte Burg Windeck in einem wahren Dornröschenschlaf.«

Der Architekt verbeugt sich aufs neue. »In der Tat,« sagt er. »Aber hoffentlich dringen Sie nicht mit dem Schwert des Märchenprinzen ein. Ich habe sehr um Nachsicht zu bitten! Es sieht im Schlosse noch unwohnlicher aus als hier zwischen den Mauern. Sie wollen die kurze Zeit bedenken, welche ich erst –«

Die schöne Frau hört mit gesenkten Blicken zu. Ginele hat sich inzwischen genähert; ihre Tochter bei der Hand fassend, macht sie einen tiefen Knix und sagt dazu: »O, was das angeht, gnädigste Gräfin, so bin ich schon da, die Kastellanin. Da sind ja die Prinzessen-Zimmer, – die sind unangetastet.«

Die Gräfin wendet den Kopf und nickt kurz: »Ich komme ohne alle Ansprüche, nur mit dem Bedürfnis nach Luft und Grün.«

Ein neuer Knix von Frau Ginele: »Und hier ist mein Kind, das Päule, und i selber bin bei der hochseligen Frau Gräfin in Diensten gewesen, und was wir tun können, –«

Die Dame nickt wieder, und diesmal gilt es dem Päule.

»Du bist ein frisches Kind, – wie alt?«

Das Mädchen nimmt verlegen den Hut ab und stammelt: »Achtzehn Jahr!«

»Ein Dornröschen-Alter,« meint die Gräfin und sieht den Architekten an. »Führen Sie mich in die Zimmer,« wendet sie sich dann zu Ginele. »Mein Wagen und meine Lisette kommen langsam den Berg herauf. Auf Wiedersehen, Herr Rupert.«

Die Kastellanin befiehlt Päule, nun schnell zur Dode zu eilen und unten im Dorfe nach dem Vater zu fragen; der fehle immer, gerade wenn er gebraucht werde.

Als Paule wieder aus dem Hause tritt, steht der Architekt noch auf demselben Platze, wo er vorhin gestanden, und schaut nach der Stelle, wo die Frauen verschwunden sind. »Grüß Gott!« sagt das Mädchen, als sie an ihm vorbeikommt. Da fährt er auf wie aus einem Traume: »Päule, – du! Ja, 's ist wunderlich in der Welt, Mädel! Dank Gott, daß du nichts davon weißt.«

Sie denkt, mit dem könne man doch besser reden als mit der Gräfin, und antwortet: »I wünsch' mir auch nix von der Welt! Kann nirgends schöner sein als hier. Und gar kein lang's Seidenkleid hat sie gehabt, wie eh! Sie ist arg verändert!«

Er lacht mit eigenem Tone: »Veränderlich, freilich, Paule, veränderlich sind die Weiber da draußen!« –

Langsam geht sie den Weg hinab: sie ist jetzt froh, fortzukommen, denn oben im Schloß ist's ihr auf einmal so beängstigend. Aber durch den Wald, wo sie kürzlich den Peter getroffen, will sie nicht wieder, – nein, lieber macht sie einen Umweg.

Da kommt sie zu der Nische: richtig, der Arturle hockt wieder darinnen, lacht sie an und deutet nach dem Schloß hinauf: »O, ein' gar Feine ist daher kommen; schau, auch nur, was sie mir geben hat!«

Er zeigt ein großes Geldstück und setzt vergnügt hinzu: »Dafür hab i ihr auch ein' Schatz gewünscht, einen saubern.«

Päule gibt auf diese kecke Rede nicht acht und fragt: »Was tust denn noch da?«

»I wart!« erwidert er und blinzelt schlau mit den kleinen Augen. »'s kommt noch Eine, die gibt mir auch.«

In der Ferne hört man das Geräusch eines Wagens.

»Du auch, sag mir, hast mein' Vater ni gesehn?«

Der Narr schaut sie mißtrauisch an. »Willst mi ausholen?« »O guck auch! Der Dieter Häsle, der ist brav und jagt mi nimmer fort; aber sein Weib, uh je, die ist eine Ungute!«

»Hüt di, du Lästermaul!« ruft Päule zornig.

Arturle zieht seinen Kopf in die Schultern, als fürchte er Unheil, »I hab's nur gehört,« stottert er; »i sag's nur, weil i's gehört hab.«

»So, du Tropf, du! Von wem hast's gehört, wer darf über mein' Mutter so reden?« herrscht Päule ihn an.

Der kleine Mann aber hat schon wieder Mut gefaßt. »Dein Schatz hat's getan, dein Peter aus der Mühl, – und der muß es doch wissen!«

Sie beißt die weißen Zähne tief in die roten Lippen und wendet sich stumm zum Gehen. Da kommt nun auch der Wagen daher, hoch bepackt mit großen Koffern, und dahinter sitzt ein ältliches Frauenzimmer, das schaut unter einem grasgrünem Schirm hervor und dankt kaum, als Päule grüßte. Eine Kammerfrau, denkt sie, – ja; es muß schon wahr sein, was die Mutter sagt, es muß was Besondres sein; stolz genug tut diese. Und Päule versucht, sich die Mutter auch in einem solchen Wagen hinter Koffern und unter einem grünen Schirm vorzustellen. Da zupft sie auf einmal etwas am Kleid, und der Arturle steht neben ihr.

»Du, das war ein' Wüste! Nix hat sie mir geben, und gewünscht hab i ihr 'n Teufel zum Schatz, eh!«

Päule droht ihm leicht und sagt: »Das war auch wüst, Männle! Und mi machst nur auslassen, – geh', i will nix hören!«

Arturle schüttelt aber den Kopf: »I weiß doch was. Willst mi nit verraten? I weiß, wo der Dieter Häsle ist.«

»So sag's!«

Er schaut sich um und flüstert dann wichtig: »In der Eichenmühl; da spielt er Karten mit dem Müller. In der großen Stub' tun sie sitzen. I hab's gesehn!«

Er kichert, reibt sich die Hände und rennt dann feldeinwärts.

Päule steht ratlos da; es ist ja möglich, daß das Närrlein die Wahrheit gesagt hat. In der Eichenmühl, – o du lieber Herrgott, wenn das ihre Mutter wüßte, die so schon einen Zorn hatte, daß der Vater nicht am Platze war! Und sie soll ihn heraufschicken! Wie kann sie ihn in der Eichenmühle suchen, – das ist ja die reine Unmöglichkeit! Nein, sie setzt keinen Fuß auf den Grund und Boden, der einst dem Peter gehören wird, ganz gewiß nicht! Aber wenn sie nun dem Vater keine Nachricht gibt und die Mutter nach ihm ausschickt, etwa einige von den Handwerksleuten im Schloß, und die kommen dann zurück und sagen: »In der Eichenmühl haben wir ihn gefunden!« O, das würde kein guter Empfang! »Armes Väterle, – und i kann nit helfen!« sagt, sie laut vor sich hin.

Langsam geht sie weiter. Sie vergißt den Gugelhopf und den stolzen Rosenhut: »Ja, wenn i's nur anzustellen wüßt!«

Vor ihr liegt der Eichenbestand. Wenn sie an die Grenze geht, – sie kennt ja den Fleck, wo des Müllers Eigentum beginnt – vielleicht sieht sie eine Magd oder einen Knecht und kann den Vater rufen lassen. Und wenn der Peter da ist? Ei nun, dann geht sie stolz vorbei und hat nur einen Umweg gemacht.

Rüstig schreitet sie aus, der Vater muß Nachricht haben! Und nun ist sie an der Grenze. Gar hübsch liegt der Eichenwald da, gar sauber das Wohnhaus, die Nebengebäude, die Holzschuppen; stattliche Haufen geschnittener Bretter türmen sich auf dem Holzplatz; auch ein Stück des Gemüsegartens kann sie überschauen.

Die Sägen kreischen, das Wasser rauscht. Die Mutter hat immer gemeint, das gehe ihr aufs Gefühl; sie könnte so etwas nicht lange vertragen, und die Sägemüllerin hatte drauf geantwortet, ihr wär's eine arg liebe Musik, je schärfer, je besser, und sie könnte nicht schlafen, wenn das Gewerk stände. Päule meint: wüst klingt's nicht; man kann sich ja einen Vers hineindenken, dann ist's wie ein Lied.

Aber wie sie auch ausblickt, es zeigt sich weder Knecht noch Magd. Freilich, die Leute mußten auf dem Feld sein, – wie dumm sie gewesen ist, das zu vergessen. Zu rufen wagt sie nicht. Nun kann sie gehen, wie sie gekommen ist, nur mit schwerem Herzen, denn für den Vater gibt es sicher eine Predigt oder gar ein arges Gewitter.

Recht friedlich liegt die Mühle im Eichenwald. Das Wasser rauscht, die Säge kreischt, – da, was ist das? Ein Schrei erschallt, die Mühle steht plötzlich still, und das junge Mädchen sieht, wie aus dem Gebäude ein Mann stürzte, dem Wohnhause zu, die Arme verzweiflungsvoll hochgehoben, laut rufend. Sie hat ihren Korb auf den Boden gesetzt, mit einem Ruck ihren Hut abgerissen, so kann sie besser sehen. »Da ist ein Unglück passiert!« kommt es von ihren bebenden Lippen. Und dann stürzt der alte Sägemüller heraus, ihm nach ihr Vater, – sie meint, sie habe den Ruf gehört: »Mein Sohn, mein Einziger!«

»O Herrgott, der Peter!« stammelt sie und sieht nach dem blauen Himmel auf. »O Herrgott, hilf!«

Dann aber fliegt sie eilenden Laufes durch die Eichenreihen hin und kommt gerade recht, um zu sehen, wie die Männer den Verunglückten aus der Mühle heraustragen, um ihn ins Wohnhaus zu schaffe«.

Bleich und blutüberströmt, regungslos liegt Peter da; die rechte Hand hängt herab; es tropft schwer davon nieder.

»Wie's nur kommen ist, wie's nur kommen ist!« jammert der Sägeknecht; »'s war wie ein Blitz,«

Dumpf erschallt die Stimme des Alten, der den Kopf des Sohnes behutsam hält: »Das ist ja eins jetzt; 's ist da, und nun tut Hilf' not.«

»Und kein' Boten und kein Weibsbild!« klagt der Kastellan. »Den Boten mach i schon, – aber Frauenzimmerhilf' muß auch her!«

Da steht Paule neben ihnen und sagt: »I bin da! Und tot kann er ja nit sein; 's ist eine Ohnmacht.«

Rasch geht sie den Mannsleuten voran, die langsam unter der schweren Last nachkommen, richtet alles Nötige her und übernimmt die Pflege des Verunglückten mit einer Sicherheit und Umsicht, gleich als hätte sie in solchem Dienste jahrelange Übung. Die Wunde auf der Stirn ist zwar nur geringfügig, aber mit der rechten Hand steht es schlimm; der Daumen ist arg gequetscht und wohl gar gebrochen.

Still ist es in dem Gemach; der alte Müller sitzt zu Häupten seines Sohnes und beugt sich ab und zu über ihn, auf den Atem des Bewußtlosen lauschend. Dann legt sich stets Päules weiche Hand auf des Alten harte Finger, und sie flüstert: »Lebig ist er, – und besser wird's auch wieder!«

Bange zwei Stunden vergehen, da rollt endlich der Wagen des Arztes vor die Tür. Der kleine, gedrungene Mann wird mit angstvollen Blicken begrüßt; er wehrt die Erzählung des Knechtes ab, wie vorhin der Müller, und untersucht die Wunden. »Mit dem Kopf, das heilt schon, und seine Sinne kommen auch bald wieder,« spricht er beruhigend. »Der Daumen freilich, – nun, der Patient hat eine gute und gesunde Natur.«

Päule sieht so ängstlich zu ihm auf, als er den Verband anlegt, daß es den Doktor jammert. »Wollen's erst ansehen,« beruhigt er sie; »heute sägen wir den Finger nicht ab. Wenn's geht, behält er ihn.«

»O du lieber Herrgott!« stammelt sie.

»Nun, lieb wird er dir schon sein, dein Schatz, auch wenn er einen steifen Daumen hat, gelt?« neckt der alte Herr.

Das bleiche Mädchen hält sich am Bettrande. »Mein Schatz ist er nit,« entgegnet sie mit bebenden Lippen, »aber i wollt' doch, 's würd' alles wieder gut.«

Die Männer gehen dann ins Wohnzimmer, wo die Karten noch zerstreut liegen; der Herr Doktor muß vor der Heimfahrt ein Glas Wein trinken, und dabei läßt er sich denn auch erzählen, wie das Unglück geschehen ist. »Wenn's ein Ungeschick von dem Knecht gewesen ist, Herr Doktor,« sagt der Müller, »so will i's nit nachtragen; nur davonkommen muß mir der Bub, mein einziger!«

Des Doktors Wagen rollt fort; die Leute kommen vom Felde, vernehmen das Unglück, und innige Teilnahme malt sich in aller Mienen. Alle haben den jungen Herrn lieb; alle wünschen ihm von Herzen Genesung.

Päule fühlt das so richtig an seinem Lager. Einmal legt sie das blonde Köpfchen an den harten Holzrand der Bettstatt und sagt leise: »Schau, di mag man; du bist ein Guter. Und mi mag keiner, und i bin zu nix nutz, – i wollt, mi hätt's troffen.«

Sie verrichtet mit sanfter Hand alles, was der Doktor geheißen, und beobachtet, wie allmählich das Bewußtsein des Kranken zurückzukehren scheint. Ein paarmal hat der Peter schon die Augen aufgetan, und es ist ein anderer Blick gewesen, als vorhin, wo er unter seinen Schmerzen halb emporgefahren. Sie winkt den Sägemüller heran und läßt ihn auf ihrem Platze niedersetzen, damit der Sohn zuerst seinen Anblick habe; dann nimmt sie das alte Hannele, die Magd, beiseite und teilt ihr mit, was zu tun sei. Wenn der Peter erst bei vollen Sinnen war, soll er sie nicht mehr gewahren.

Von fern steht sie und sieht, wie der Sohn dem Vater die Linke entgegenstreckt und mit schwacher Stimme zu sprechen beginnt, und sie hört des Sägemüllers Freudenruf: »Mein Bu', mein Bu', bist denn wieder da! Hast dein alt's Vaterle so geschreckt! Bu', mein Bu', o mach' dir nix draus! Schau, das überwind't sich; hätt' all's schlimmer werden können!«

Hannele tritt nun an das Krankenbett; Päule schlüpft aus der Tür und geht in das Wohnzimmer, wo noch ihr Vater mit gefalteten

Händen am Fenster steht. »Komm auch, Vaterle,« flüstert sie, »nun gibt's für uns nix mehr zu tun. Komm heim!«

Dieter nickt hinüber in das Krankenzimmer und macht dem Freunde ein Zeichen, daß er gehe. Hand in Hand tritt er dann mit seiner Tochter aus dem Hause.

»Bist ein brav's Mädel!«sagt er.

»O, red' nit davon,« antwortet sie mühsam; »das ist die Pflicht von jedwedereinem! Und weißt auch, Vaterle, wenn die Mutter nit fragt, zu sagen braucht man's grad nit, – weißt!«

Das verspricht Dieter gern; sein Mädel ist nicht allein tapfer, sondern auch klug, und zu wissen braucht das Ginele wirklich nicht, wieso er in die Eichenmühle gekommen.

Bei den letzten Eichen findet Paule ihren Korb noch unversehrt; aber auf die Rosenknospen des Hutes ist der Abendtau gefallen.

»Ja, mit den Gugelhopf,« sagt sie erschreckt, »so kam's. Und oben ist die Gräfin, und suchen sollt i di, und der Arturle hat's verraten, wo du warst. Aber nun die Dode!« Hierfür weiß Her Kastellan Rat. »O, mit der Dod!« meint er. »Schau, das tu i morgen gut machen. Der Kuchen bleibt schon frisch; den verberg' i im Keller. Laß du nur, – du bist die Brävst' weit und breit.«

Dem Mädchen tut das Lob wohl. Sie steigen schweigend miteinander bergan; daheim angelangt, finden sie die Mutter nicht anwesend, und so kann der Kastellan ungesehen das Gebäck im Keller verstecken. Kaum ist das geschehen, tritt Ginele ein und sinkt ganz erschöpft auf einen Stuhl.

»Nein, ist das ein Geschäft! Und arg lieb und gemein tut die Gräfin, arg! Und hat mir's gleich angemerkt, daß i mein' Sach' kenn'! O je! Heutzutag sind die Jungfern nit wie zu meiner Zeit. Hat da eine, die nix kann! O, – müd' bin i!«

Ganz kleinlaut wirft der Dieter hin: »Ja, i hätt' dir arg gern beigestanden!«

»O du,« ruft Einele, »was hätt'st denn gekonnt? Nix, sag i! Ist Frauenzimmer-Geschäft. Nein, das konnt i nur allein!«

Und befriedigt über sich und ihre Tätigkeit, vergißt Ginele jede
Frage nach der Dode und dem Geburtstag, zu Dieters und Päules
großer Herzenserleichterung

6.

»Weißt auch, Vaterle,« sagt Päule am folgenden Morgen, und ein leichtes Rot der Befangenheit fliegt dabei über ihr Gesicht, »weißt, einen Gang ins Dorf wirst schon haben, – der Mutter halben, – und da mein i, 's tät nix verschlagen, wenn du in der Mühl' schauen tätest, wie's dem Peter geht. Um den alten Mann und sein Herzeleid ist mir's!«

»Ei freilich,« antwortet Dieter und klopft ihr auf die Schulter, »ei gewiß auch! Ein Ausred' werd' i schon finden; i will gleich einmal drüber simulieren.«

»'s ist nur um den alten Mann; i fühl's. wie's den kümmert!« beteuert Päule.

Die Nachrichten, die der Kastellan an diesem und am folgenden Tage herausbringt, lauten gut. Nach zwei Tagen geht der junge Eichenmüller schon wieder im Hause herum.

»Behalten tut er den Daumen, aber steif wird er,« erzählt Dieter. »Und am End', schau, unser Herrgott richtet's halt so ein, daß bei allem Unglück noch was Gut's herauskommt.«

»Ja, ja!« sagt Päule.

»Und,« fuhr der Alte leuchtenden Auges fort, »di hat der Eichenmüller gepriesen, das ist nit zu sagen. I hab vor Stolz gar mi schämen müssen! Solch ein unerschrockne und wirtschaftliche Dirn wärst; so tapfer hätt'st zugelangt und nit gegreint und verschrocken tan.«

»O, hör' auch auf, Vater!« bittet das Mädchen in schier wehmütigem Tone.

»Aber die Wahrheit muß doch einer sagen! Der Peter hat ganz still dabeigesessen und gelauscht wie ein Has.«

»O, der, – der braucht's nit einmal zu wissen!« entgegnet sie hart.

Der Alte gibt nicht darauf acht. »Ordentlich gejammert hat der Müller, eine bessere Söhnerin, als du abgegeben hätt'st, die kriegte er nimmer, und nun sei alles vorbei und aus um dem dummen Streit halber.«

»Freilich, vorbei und aus!« antwortet Päule und geht aus der Tür.

Im Flur steht Ginele und setzt eine frische Haube auf; sie will wieder zur Gräfin gehen. Seit sie dort oben so viel zu schaffen hat, ist sie umgänglicher im Hause, ihre Laune besser.

»O, schau nur auch, ob die Haube gut sitzt,« sagt sie zur Tochter.

Päule lächelt. »I glaub', die Frau Mutter wird noch eitel!«

Ginele wirft sich in die Brust und lichtet ihre hagere Gestalt höher auf: »'s ist weiter nix, als daß i auf mi halten tu. Und die Gräfin hat eine wahre Freud' an mir. Und di mag sie auch!«

»O nein!« entgegnet das Mädchen in zweifelndem Tone.

»Ja, freilich, – und sauber wärst, hat sie gemeint, und sogar gefragt hat sie, ob du auch dem Stadtherrn gefallen tät'st. Darauf hab' i nix ganz Bestimmtes sagen wollen, – aber i weiß doch, was i weiß. Und gemerkt wird's die Gräfin auch schon haben!«

Auf einmal' wird's dem Päule sonderbar zumute; sie weiß nicht, woher es kam, aber sie versteht plötzlich die Andeutungen.

»O Mutter, Mutter!« ruft sie und wird blaß bis in die Lippen, »red' Sie nit so, – i vertrag's nit. Was geht mi der Herr Rupert an und i ihn? Für den bin i weiter nix, als eine Landdirn. – und schau, i will auch weiter nix sein!«

Frau Ginele überkommt« ein Zorn. »Was red'st da? Was bist? Mein Mädel bist, und i hab' di vürnehm genug erzogen, sell ist gewiß. Und der Herr Rupert, der ist sicher nit so hoch für di! Ein' Oberamtsrichter könntst haben, – und der ist nur ein Architekter. Er mag di arg, – und laß mi nur machen, – i bring's schon zu einem End'!«

Aber da richtet sich auch das Päule auf und sieht ihrer Mutter fest ins Auge; »I bitt' die Frau Mutter, mit Verlaub! Aber was Sie da meint, sell ist mein Sach', – und i leid nix, kein Einmischung und kein Zutun. I will nit hoch hinaus; i will nix, gar nix, – i will's nit anders haben, als hier bei Vater und Mutter sein!«

Bei den letzten Worten ist ihre Stimme weich geworden, und die Tränen dringen ihr in die Augen. Ginele aber stemmt die Arme in die Seite, holt tief Atem, wirft Dieter, der eben auch herbeikommt, einen Zornesblick zu und ruft:

»Was tust? Dein' Mutter verleugnest? Mein' Erziehung und mein' Pläne willst zuschanden machen, – o du, du! Hoch hinaus willst freilich nit, – das hast von dei'm Vater! I seh's schon, du hätt'st kein Muckserle getan, wenn man di dem Peter gegeben hätt', – und kannst einen Architekter haben, der solch einen Sägemüller befehlen tut. O du undankbares Ding du! Aber i bin noch da, und i setz mein' Willen schon durch, so gewiß, wie i im gräflichen Dienst gestanden hab' und weiß, wie's auf der Welt zugeht!«

Damit ist sie aus der Tür und läßt sie ins Schloß fallen, daß der alte Turm bebt.

Päule wendet sich ab, als ob sie fortgehen wollte; auf einmal aber lehrt sie zum Vater zurück, legt den Kopf an seine Schulter und beginnt laut zu schluchzen.

Dieter Häsle ist in Verlegenheit, wie er sein Kind, an dem das Weinen etwas so Ungewohntes ist, trösten soll. Er streicht ihr über den blonden Scheitel, seufzt ein paarmal und sagt: »Du, geh in das Burggärtle; da ist's gut sitzen unter den Linden; da kriegst andere Gedanken. I schau einmal in der Mühl' nach.«

Päule nickt und Dieter geht. Nachdem das Mädchen seine Tränen getrocknet hat, schlüpft es gleichfalls hinaus.

Unter den sieben Linden ist es schattig und schön. Päule schaut weit hinaus ins Land.

Von ihrem Strickstrumpf aufblickend, steht sie den Baumeister den Weg entlang kommen; das macht sie aber nicht einmal befangen.

»Grüß Gott, Päule!« sagt der junge Mann und lächelt ihr zu. »Du weißt schon, wo's sich gut sitzt!«

»Sell ist gewiß!«

»Nun, Päule? Immer wirst auch nicht da oben hausen, – gehst schon einmal!«

Sie schüttelt den Kopf, nicht traurig, aber bestimmt: »I glaub's nit. I hab nirgendswo etwas zu suchen, als hier oben.«

Er hat einen Lindenzweig abgerissen und streift ihr damit scherzend die Wange: »Wenn's nit der Peter ist, schau, so ist's ein anderer!«

Das Gesicht des Mädchens rötet sich: »O, das hat mir nit weh getan, was der von mir gesagt hat, der unter dem Tor. So einer!«

»Nun, er ist auch gestraft, – es hätte schlimmer werden können mit seiner Hand, – jetzt wird er in sich gehen!«

»Mir ist's gewiß eins!« ruft das Mädchen.

»O Päule, bist denn so hartherzig?« fragt der Baumeister und berührt sie aufs neue mit dem Lindenzweig. Diesmal schlägt sie aber unmutig danach und sagt: »Ob i hartherzig bin? 's ist möglich,– mi kümmert der Bu' nix! Und schaut auch, da ist die Frau Gräfin!«

Langsam kommt die zierliche Gestalt den Weg herab, gerade auf das Paar zu. Rupert zieht den Hut; Päule macht eine Bewegung, als ob sie sich entfernen wolle.

»Bleib', mein Kind!« sagt die schöne Frau und beginnt dann die schöne Aussicht zu betrachten. »Hier sollte am Ende ein Pavillon stehen?« wendet sie sich, zum Architekten.

»Wenn gnädige Gräfin befehlen,« antwortet er, »und Ihnen dieses grüne Dach nicht angenehmer erscheint.«

»Sie haben ein seltsames Konservierungsgelüst, Herr Rupert.«

»Frau Gräfin, hätte ich einen Besitz, so würde das Pietät genannt werden!«

»Ah!« Der hübsche rote Mund verzieht sich spöttisch. »Sie treffen mich und meine Veränderungslust nicht damit. Ich brauche gegen dieses alte Bergnest nicht pietätvoll zu sein: die Familie hat es mir nicht vergeben, daß ich als Wappen einen Tanzschuh führe.«

»Und alte Mauern lassen Sie dafür büßen?« fragt Rupert.

»Ich mag die starren Ahnengalerien nicht; in die Rumpelkammer mit diesen steifen Burgfrauen und geharnischten Rittern! Ich werde die Plafonds mit Terpsichorens lustiger Schar bevölkern, – das ist meine Rache. Die Nebenlinie Windeck soll, wenn sie mich einmal beerbt, Gelegenheit genug haben, sich mit dem Andenken an die einstige Tänzerin zu beschäftigen. Warum haben sie mir ihre Türen verschlossen und den Grund gelegt zu den Mißstimmungen meiner kurzen Ehe?«

Die Gräfin läßt sich auf die Bank nieder und wendet sich zu dem Mädchen; »Hast du's nicht einsam hier oben?«

»O, nit arg! Und vollends, seit sie hier bauen, da ist's rührig genug!«

»Ah!« Ein schneller Blick aus den schwarzen Augen streift den jungen Mann, und ihm gilt hierauf die Frage: »Sie studieren hier wohl Natur und ländliche Natürlichkeit und Schönheit in jeder Beziehung?«

»Zu Befehl, Frau Gräfin!«

Sie blickt auf ihre Fußspitzen nieder und sagt: »Früher, Herr Rupert, war der Naturalismus nicht Ihr Geschmack.«

»Allerdings nicht! Ich suchte und fand ein Ideal, aber ich mußte mit dem Dichter sagen: So willst du ewig von mir scheiden!«

»Sie sind weit gereist, seit wir uns das letzte Mal gesehen?«

»Nicht weit genug! Ich tat unrecht, wieder nach Deutschland zu kommen; aber der Deutsche ist nun einmal ein heimwehkranker Narr.«

Seine Stirn hat sich umwölkt, und seine Stimme klingt ein wenig heiser. Die Gräfin faßt eine von Päules Flechten und wiegt sie in der Hand: »Eine schöne Farbe!« Dann dreht sie das blasse Gesicht wieder dem jungen Manne zu: »Es war ein Zufall, daß Ihr Name unter den mir empfohlenen Architekten genannt wurde. Man zweifelte an Ihrer Neigung, die Arbeit zu übernehmen, und meinte, sie würde Ihnen als eine zu große Bagatelle erscheinen. Aber Sie nahmen an, nachdem wir drei Worte gewechselt hatten, – warum, Herr Rupert, brachten Sie mir dieses Opfer?«

»Die Gräfin hat mit Erregung gesprochen; ihre sonst so bleichen Wangen sind gerötet.

»Rupert erwidert ernst: »Sie wollen Wahrheit, – da ist sie! Ich wollte vor einer Frau nicht feig erscheinen, – und Sie konnten es für Feigheit halten, wenn ich mich der Begegnung mit Ihnen entzog,«

»Immer stolz!« erwidert die Gräfin und senkt die Blicke, »immer noch so stolz wie früher.«

Dann bleibt es eine Weile still, so daß man nichts hört als das Geklapper von Päules Nadeln, die mit Emsigkeit strickt und dabei denkt, welch unverständliches Zeug die beiden da reden.

»Es sind Stoffmuster da, über die ich Ihren Rat haben möchte, Herr Rupert. Wenn es Ihnen beliebt ...«

»Gnädige Gräfin haben nur zu befehlen!« lautet die kühle Antwort.

Päule blickt den beiden nach, wie sie den Gang hinunter gehen. Er könnte auch ein Graf sein, meint sie; er täte so gut zu ihr passen.

»St, Päule, St!« ruft es da über die Mauer her, so daß sie sich rasch umwendet. Ein Schrei entfährt ihr, sie blickt dem Peter ins Gesicht.

»Wie kemmst daher?« fragt sie verwirrt und zornig auf sich selbst, daß sie sich so hat erschrecken lassen.

»Wie andere Leut auch, auf meinen zwei Füßen,« gibt Peter zur Antwort. »Deinetwegen bin i kommen ...«

Sie wirft den Kopf zurück: »Wenn das wahr ist, um meinethalb, schau, dann hättest dich nit zu Plagen brauchen!«

Er läßt sich durch die abweisende Antwort nicht stören: »Eigentlich hab i durch die Pforten kommen woll'n, wo der gerade Weg ist. Da sah i Leut hier, erst den Städtischen und dann die Schloßfrau. Bin an der Mauer runter, hab hier gewartet, – und nun ist's eins, nun mach i's gleich hier ab.«

»Was denn?« fragt das Mädchen unsicher.

»Mein Geschäft, mein Dank. Schau, daß du mi so arg brav gepflegt hast! Mein Vater kann nit genug davon reden, daß du das getan hast, Päule.«

»O,« wehrt sie ab, »sag' auch nur weiter nix. Brauchst's nit hoch zu veranschlagen; 's ist Pflicht, einander beizuspringen.«

»Aber dann, wie i wieder bei mir gewesen bin, da bist fortgeschlichen, hast mein' Dank nit gewollt.«

Sie blickt auf ihre Arbeit. »I hab nit an di gedacht, nur an das Unglück. So was kann jeden treffen, – und einmal mußt' i heim!«

Er lächelt, als wüßte er's besser: »Weist mein' Dank zurück, Paule?«

»Freilich, hast nix zu danken!«

»Ist auch gut. I mach's schon auf meine Weis. Wenn du einmal wen brauchst, Päule –«

»I brauch keinen!« unterbricht sie ihn.

»O, das weiß i besser! Schau, i hab gehört, wie du mit dem Städter diskuriert hast. Kann ihn schon leiden; aber zu nah mußt ihn dir nit kommen lassen!«

»Du auch?« ruft sie überrascht.

»Schau, wie er dir mit den Blättern ins Gesicht gefahren ist, da hat's in mein' Arm gezuckt; hätt' i nah gestanden, i hätt' ihn geschlagen.«

Zornig klingen seine Worte, und sein Gesicht ist gerötet. Das Mädchen blickt kalt zu ihm hinüber und entgegnet ruhig: »O du, Sägemüllers Peter, laß mir mein' Sach für mich! I brauch keine Verteidigung, daß du's nur gleich weißt!«

»Brauchst's nit, –« er sieht sie lange an und ruft endlich: »'s ist auch gut; brauchst kein' Dank und kein' Schutz, – aber was i will, weiß i auch!«

Als sie nach einer Weile aufschaut, ist er verschwunden; sie streicht über ihre Augen und lächelt. Wenn sie ihm auch nimmer verzeihen kann, was er ihr getan, daß er versucht hat, ihr zu danken, freut sie doch. Und sie singt!

> »Obschon das Glück nit wollt,
> Daß i dein werden sollt,
> So lieb i dennoch dich,
> Glaub's sicherlich.«

»Ein wunderlich's Liedle ist's allemal,« meint sie, sich selber unterbrechend; »das paßt auf zwei, die einander gut sind und sich nit haben sollen. Aber nett klingen tut's!«

Indessen ist Peter mit großen Sprüngen den abschüssigen Weg hinunter geeilt; aber bald muß er das aufgeben, denn es schmerzt ihn die Hand. Er hat dem Mädchen weh getan, und sie ist ihm doch hilfreich gewesen, und daß sie sich seinem Dank heimlich entzogen, das hatte ihm erst recht gefallen. Liegt ein Stolz drin, hat er zu sich selbst gesagt. Eine Ungute ist die nicht, die so handelt; für sich hat er ihr schon abgebeten, und wenn sie jetzt freundlich gewesen wäre mit ihm, nun, was hätt' es da verschlagen, wenn er gesagt hätte: »Du auch, i mein', i kenn di jetzt besser!« Aber sie hat nichts von ihm wissen wollen. »Hab's nun wohl für ewige Zeiten mit dir verschüttet, du trotziger Blondkopf, du?« murrt er vor sich hin.

Dann muß er aber doch über sich selber lachen. »Nun, wird schon werden, – i setz's schon durch! Wirst du dich aber verwundern, du herziges Schätzele, du!«

7.

Es ist am Ende des Hochsommers. Ernst Rupert wandert durch den Burggarten, Terrasse auf, Terrasse ab. Die Burgfrauen früherer Zeiten hatten gewiß auch einen bunten Blumenflor auf den Beeten und Rabatten gezogen, auf denen Eineles Gemüse lustig emporwuchs.

Die Burgfrauen von damals, – die Schloßherrin von heute! Gräfin Klara Windeck, ihm jetzt so fern gerückt, wie sie ihm einst nahe war, – damals die jüngste Solotänzerin des Hoftheaters, er ein junger Studiosus der Baukunst.

Gegenüber hat sie ihm gewohnt, sie mit ihrer alten Mutter. Gedichte hatte er ihr gesandt und sie ihm dafür mit einem Lächeln zwischen den Fenstervorhängen hindurch gedankt; nachbarliche Gespräche hatten sich dann entwickelt; er trug oft der alten Handwerkersfrau den Marktkorb die Stiege hinauf, und sie fand den jungen, höflichen Mann so ungefährlich, daß sie ihm gestattete, der Tochter Bücher zu bringen und ihr daraus vorzulesen. Während Klara Tanzschuhe flickte, las ihr Ernst Rupert aus guten Büchern vor; sie hatte einen lebhaften Wissensdurst und Bildungstrieb.

Von Liebe wurde zwischen den jungen Leuten nicht geredet; daß sie einander gut waren, verstand sich von selbst.

Plötzlich nahm diese glückliche Zeit ein Ende. Ernst Rupert errang mit einer Arbeit ein Reisestipendium, und die Tänzerin wurde in die Lage versetzt, ein anderes Engagement suchen zu müssen. Sie wollten einander schreiben; aber nicht oft wechselten sie Briefe, und ein Jahr war noch nicht um, da hielt der junge Architekt ein gedrucktes Blatt in der Hand, auf dem Klaras Verlobung mit dem Grafen Windeck zu lesen war.

Er hatte es nicht leicht genommen. Jahre waren vergangen; er kam wieder in die Residenz seines Vaterlandes. Er war ein gesuchter Baumeister, der Professortitel ihm sicher, – da erhielt er eines Tages ein Billett mit schlanken Schriftzügen: Gräfin Klara Windeck lud ihn zu einer Besprechung ein. Er übernahm die Restaurierung der alten Burg Windeck.

Freilich hatte er diese Bereitwilligkeit seitdem oft bereut; die alten süßen Träume tauchten wieder auf; Hoffnungen regten sich, zu denen er doch den Kopf schütteln mußte. Die arme kleine Tänzerin hatte nur zu schnell ihres treuen Anbeters vergessen, – was konnte er einer Gräfin Klara Windeck, der vollendeten Weltdame, sein?

Hätte er nur einen Ausweg gewußt, ohne ihr zeigen zu müssen: sieh, ich fliehe; das alte Gefühl ist doch stärker, als ich.

Unmutig rüttelt er an einem Rosenstrauche. Als er aufblickt, steht die Gräfin Windeck vor ihm, lächelt schalkhaft, indem sie fragt:

»Nicht wahr, die Luft ist erquickend?«

»Köstlich!« entgegnet er und stößt einen Seufzer aus.

»Sie haben eine unzufriedene Miene, Herr Rupert. Wissen Sie wohl, meine gute Mutter pflegte, wenn sie solche Miene an Ihnen wahrnahm, tüchtig zu zanken?«

»Unzufrieden, – was denken Sie, gnädige Gräfin? Ich bin heiter!«

»Dann drücken Sie das jetzt anders aus, als früher, Herr Rupert,« sagt Gräfin Klara mit leisem Spott.

Damals, – früher! Eine zornige Aufwallung überkommt ihn. »Sollten Sie nicht wissen, Frau Gräfin, daß sich die Menschen gründlich verändern können?« fragt er hart. Sie pflückt eine weiße Rose, befestigt sie an ihrer Brust und erwidert: »Freilich, – aber mag man sich äußerlich, auch in seinen Ansichten viel verändern, – der Kern bleibt doch immer derselbe.«

Ihre Ruhe erbittert ihn. »Ich habe nichts mehr von dem alten Menschen, – von einst in mir!«

Sie lächelt überlegen. »Sind Sie dessen so sicher?«

Während er noch nach einer Antwort sucht, sieht er vom Hofraume her Päule herankommen und sagt: »Da ist Ihr Burg-Dornröschen!«

»Wirklich, ein liebliches Kind!« erwidert die Gräfin.

»Natürlich, frisch, gutmüthig. Sie wäre ein Geschöpf –« Er vollendet seine Rede nicht.

»Soll ich Ihnen helfen?« fällt die Gräfin ein und wendet ihm das Gesicht zu. »Ein Geschöpf, – einen Mann zu beglücken, der der großen Welt und der Frauen in ihr müde ist. Hab' ich's getroffen?«

»Wahrhaftig, Gräfin, es ist so. Dieses bildungsfähige Wesen wäre zu gut für einen Bauer!«

Die Gräfin Windeck atmet rascher, und ihre nervösen Finger greifen nach einer zweiten Rose. »Was, Herr Rupert, hindert Sie denn, dieses Dornröschen zu wecken, das Mädchen einem bessern Schicksal zuzuführen?«

Es flammt heiß über sein Gesicht: nein, ihr Spott soll ihn nicht treffen.

»In der Tat, Frau Gräfin, Sie haben recht. Wir Künstler brauchen Natur; nur mit ihr können wir etwas erreichen ... helfen Sie mir weiter!«

»Sie sind wohl keiner Hilfe bedürftig!« sagt sie, langsam neben ihm hergehend.

Päule ist mittlerweile, in Gedanken versunken, an einem großen runden Steintisch stehen geblieben; erst als die beiden ganz nahe sind, gewahrt sie sie und fährt zusammen.

»Ja, bist denn so schreckhaft, Mädele du?« fragt Rupert vertraulich.

»O, i hab denkt –«

»An was? Wie schön die Welt ist, und daß man recht hat, vergnügt zu sein?«

»Das gerad nit. I hab' denkt, da unten die Eichenmühl, die hat ein' größern Garten, und's Gemüs soll dort üppiger wachsen!«

»Praktisch gedacht!« lächelt die Gräfin und lehnt sich mit untergeschlagenen Armen an eine Linde.

Der Architekt steht neben Päule, die eine Hand auf den runden Steintisch stützt. Zu ihren Füßen liegt ein Beil, mit dem der Kastellan vorher dürre Äste abgehauen. Ungesehen von den dreien, ist aber noch ein vierter anwesend, der junge Sägemüller, der über die Mauer herüberschaut.

»Praktisch, das ist gut!« wiederholt der Architekt; »eine rechte Hausfrau gibt's Päule schon. Wenn nur erst der Liebste gefunden ist.«

»I will kein' finden!«

»Das sagen alle Mädchen, - daran glauben wir nicht! Päule, zu Zwei'n sein ist besser! Denk' dir auch, du kannst neben deinem Mann sitzen, und er liest dir gar Schönes aus Büchern vor. Würdest du dich da nicht freuen?«

Sie lacht: »I bin nit gelehrt!«

»Aber lernen magst?«

»O je! Zu arg gelobt hat mi der Schulmeister nit!«

Aber Rupert gibt den Versuch noch nicht auf. »Päule, willst mich einmal anschau'n?«

»Warum nit?«

Er tritt näher heran und faßt ihren Arm.

»Den Peter sollst nicht, - du bist gar lieb und brav,«- und dabei macht er eine Bewegung, als will er das Mädchen an seine Brust ziehen.

Da raschelt es über die Mauer, mit einem Sprunge hat Peter das Beil ergriffen und schmettert es auf die Steinplatte nieder, das die Stücke weit abspringen.

»Hand fort, sag i! Der Peter will's Dirndel, und 's Mädel will ihn, - da hat keiner was dreinzureden! Hand weg von der Dirn, oder i mach's wie's auf dem Brett da drüben zu lesen ist! Mein' Freud mein' Frieden soll mir niemand antasten!«

»Der Peter!« ruft Päule und springt dem Burschen gerade um den Hals. »Mi willst? Und das i di will, woher weißt denn das? Wer hat dir denn das verraten?« jubelt sie und läßt es geschehen, daß der Bursch sie fest an sich preßt.

Gräfin Klara hat einen lauten Schrei ausgestoßen, sucht mit den Händen nach einer Stütze und fleht: »Ernst, Ernst, retten Sie sich! Er ist wahnsinnig!«

Der Architekt umfaßt mit einem Arm die Wankende, nimmt mit der andern Hand das Beil, wiegt es darin und spricht:

»Ei, Peter, darum habe ich Euch neulich nicht die Erklärung gegeben, daß Ihr solche Nutzanwendung davon macht. Ich brauche meine Hand noch recht sehr!«

Ob der Ruhe des anderen beschämt und über die schnelle Erklärung Päules erfreut, steht Peter eine Weile verdutzt da.

»Herr Rupert! Die Hitz ist mir kommen! I bin dem Mädel vom ersten Augenblick gut gewesen, und es hat nit nachgeben wollen, – und die Gefahr war da, wenn's nun Ja gesagt hätt'!«

»O, du dummer Tropf!« ruft Päule zwischen Lachen und Weinen.

Der Kopf der Gräfin lehnt noch an Ruperts Schulter. »Ernst« hat sie zu ihm gesagt, mit dem alten, lieben Tone. Es flutet ihm warm durchs Herz. »Klara»!« flüstert er mit tiefer Bewegung. Sie stößt einen leisen Freudenruf aus und blickt ihm leuchtenden Auges ins Antlitz: »Ernst, – endlich bekehrt?«

»Gräfin!« stammelt er. Da schüttelt sie energisch den Kopf: »Nicht so, – Klara, – Klara, wie einst. Und daß du's nur weißt, deine zukünftige Professorin kommt arm zu dir. In dem Testament heißt es: ›Wenn sie den Witwenstuhl verrücken sollte, fällt alles Hab und Gut, das ihr zugedacht ist, an die Windecker zurück.‹«

Lautlos schließt er sie in seine Arme.

Peter zaust voll Übermut das Päule an den blonden Zöpfen und kneift sie in die Wangen, daß sie aufschreit. »Hihihi,« ruft es da über die Mauer, und Arturles Kopf taucht empor, »hihihi, wann ist denn nun die Hochzeit?« »Dem Arturle muß was Gut's geschehn,« sagt Päule; »der hat mit seinem Spruch die Wahrheit getroffen, und der Peter und das Päule kommen wirklich zusammen.«– –

Als das erste Herbstlaub fällt, werden die zwei Paare im Dorfkirchlein getraut; so hat es die Gräfin gewollt, die nun als glückstrahlende Professorin den Altar verläßt. In dem Glasstuhl der Herrschaft, an der Seite des Eichenmüllers, sitzt Ginele in ihrer schönsten Haube.

Unter dem Orgelspiel flüstert sie dem Nachbar zu: »Den Architektr tu i der Gräfin vergönnen, aber nur weil's eine Gräfin ist.«

62

Meteor.

Ein ganz leichter Septembernebel über den Häusermassen von Hamburg, mit dem die Morgensonne einen siegreichen Kampf begonnen.

»Nebel ist hier immer!« sagt eine rundliche Dame im Taxanon zu der schlanken Blondine an ihrer Seite, und rußig ist er auch.«

»Hm!«

Die blauen Augen beobachten eben, wie grell das Rot der großen Speicherbauten sich von dem Flattergrau abhebt. Auf dem Rücksitz liegt viel elegantes Handgepäck und zwei Kabinenkoffer stehen neben dem Kutscher. Alles trägt weißgelb-schwarze Zettel der Hamburg-Amerika-Linie.

»Und Nebel mag ich nicht,« meint die Ältere wieder.

»Hm!«

»Scheinst gar nicht zugehört zu haben, Lisi, ich fand –«

»Doch, doch, Tante, du fandest, daß solche weiche Nebelschleier, die sich unter der Sonne lösen, ganz besonders malerisch wirken –« da stockt sie.

»Lisi!«

»Meintest du das nicht?«

»Ganz das Gegenteil.« Die kleine Dame richtet sich gerade in die Höhe und streift das junge Mädchen mit einem mißbilligenden Blick. »Läßt mich einfach sprechen, ohne zuzuhören und erwiderst dann etwas, das – Ich muß dich bitten, möglichst zu vermeiden, daß – nun ja, daß man immer auf Umwegen zu dem gewissen handwerksmäßigen –« »Kunst, willst du sagen. Und wenn ihr mich auch hindert und verschleppt, und zwingen wollt wegen Hans Heinz – die Tatsache, daß es eine Kunst gibt, bringt ihr doch nicht aus der Welt. Und daß ich denke und empfinde, ebensowenig.« Die blauen Augen haben ein energisches Blitzen, der volle rote Mund zuckt und die kleinen Hände ballen sich. »Wenn ich auch ohnmächtig bin, Widerstand zu leisten, vorläufig –« dann bricht sie ab.

Da ist die Sonne voll durch den Nebel getreten und alles plötzlich im Glanz, und nach einer Biegung hält das Gefährt vor einem hallenartigen Durchgang, von dessen Rundbogen Fahnen wehen und unter dem eine Gruppe blaubejackter Menschen steht, die alle nach dem anrollenden Wagen gucken. Und drüben liegt ein Schiff, bunt bewimpelt, in Flaggenparade, ganz weiß und schlank.

»Der Meteor, nicht wahr, das ist der Meteor?« wendet sich die Dame fragend an die Stewards, die herantreten, das Gepäck in Empfang zu nehmen. »Lisi, er ist es wirklich!«

Die hat eine Empfindung, als hätten die ankommenden Passagiere hier an der Halle eine Art von kritischem Spießrutenlaufen durchzumachen. Die Prüfung ihrer Persönlichkeit muß aber gut ausgefallen sein, denn man ist ganz besonders diensteifrig, und wer nicht eins der Stücke hält, die sie von dem Rücksitz hinunterreicht, während die andere den Kutscher bezahlt, der spricht auf sie ein: »Ja, heut is gut! Leicht an Bord gehen! Nich' erst auf'n Tender! Bitte, rechts rum! Hier kommt's Gepäck rauf.«

Langsam geht die Ältere, langsam folgt die Blonde. Auf ihrem gebauschten Goldhaar sitzt ein kleiner weißer Matrosenhut, sie trägt ein fußfreies weißes Wollkleid mit kurzem Jäckchen, die zierlichen Füße stecken in weißen Schuhen. Frisch, wie eine Maiblume sieht sie aus, und das Gesicht, das ein wenig bleich war, belebt sich jetzt mit zarter Röte unter den neuen Eindrücken. Das hübsche Schiff, die behend hin und her huschenden Stewards, die wachehabenden Offiziere, dort drüben der Kapitän, dem sich ein paar Herren vorstellen, die Reisenden, die schon da sind, die Nachkommenden, es ist so bunt und vielgestaltet das alles, daß sie ganz in Anspruch genommen wird.

»Erst unsere Kammern sehen, Lisi!« Da muß sie denn folgen, Treppchen hinab durch Gänge, in denen es von Messing blitzt, über weiche Teppiche, an wegweisenden Stewardessen vorüber.

»Du weißt, ich habe vor zehn Jahren eine Orientreise gemacht und kenne mich aus.«[1]

Das hat sie nun seit den Wochen, in denen diese Fahrt beschlossen ist, und im Eisenbahnabteil von Hannover nach Hamburg genugsam gehört, sie glaubt es, und sie folgt.

»Zwei und vier, Steuerbord! Außenkammern, sehr gut gelegen. Ja, das sah ich schon auf dem Plan. Wir sind hier hübsch isoliert. Wer mag Sechs haben? Nun, das erfährt man ja alles schon zur Zeit. Du packst wohl gleich aus? Wo mag unsere Stewardeß sein? Ich werde sofort zu dem Obersteward wegen unserer Tischplätze gehen. Finde dich dann hier gegenüber.«

Sie huscht fort, ganz geschäftseifrig. Lisi betrachtet in ihrer Kammer, die ein schmaler Gang von dem Gegenüber, der Behausung der Tante trennt, durch das Bullauge die Gebäude drüben und ihr Gepäck eine Sekunde lang, und eilt dann die Treppe wieder empor. Da klimmt es auch noch immer am Fallreep empor, Männlein und Weiblein, letztere freilich in der Minderzahl, und Koffer und Handtaschen, Eleganz und spartanische Einfachheit, Sicherheit und verlegenes Auftreten, gewandte Reisende, denen man die Globetrotterei ansieht und plump Einhertrappende. Alle möglichen Dialekte werden laut. Lisi ist zu beobachten und zu sehen gewohnt. Das hat sie ja auch gelernt von ihm – der alles sieht mit seinen großen, klugen und hellen Maleraugen.

»Ach!« seufzt sie, an die Bordwand gelehnt und sieht zu wie das voneinander Abschied nimmt, hört, was man sich sagt ringsum, wünscht, noch konventionell plaudert.

Welch schöne, glühende Rosen da eine Dame hält. Sie ist ältlich, respektvolle Verehrung reichte sie ihr wohl dar. Bei ihrem »Ach!« wendet sie sich und sieht ihr gerade, fast forschend in die Augen, als wolle sie ergründen, warum ein so junges, lebensfrisches Ding solch schweren Seufzer ausstößt. Aber noch jemand hat den vernommen, ein Herr, der zwar Zivilkleider trägt, aber unverkennbar ein Offizier ist.

Auch seine Augen forschen, ein bischen keck, belustigt und er dreht mit schlanken Fingern an seinen Schnurrbart, und ganz, ganz leise seufzt er auch. Da fühlt sie etwas, wie Unbehaglichkeit und Zorn und verläßt den Platz.

Signale, Sie hört neben sich sagen, daß das denen gilt, die mit an Bord kommen und nun das Schiff verlassen sollen. Nochmals Umarmungen, Wünsche, Händedrücken. Nun geht die Treppe hoch. Dann beginnt die Musik zu spielen: »Deutschland, Deutschland über alles!« Da stehen Hamburgs Kirchtürme im vollsten Licht. Da ist der Bismarck! Nun kommen die grünen Elbufer. Die Menschen sind alle so freundlich. So muß man allerdings eine Reise antreten. Nicht wie sie, die solch ein schweres Herz hat, daß sie vorhin laut seufzte – die man verschleppt.

Immer breiter wird der Fluß, lieblich sind die Höhen. Welch hübsche Plätze die Hamburger so nah haben.

»Lisi! bitte, Exzellenz, gestatten Sie, meine Nichte, Fräulein von Döhn!«

Ja, nun muß sie sich respektvoll verbeugen. Es sind zwei ganz freundliche, alte Gesichter, die sie wohlwollend anblicken. Die Dame etwas eingemummt und unmodisch, der Herr ziemlich würdevoll in seiner Haltung. »Nämlich unsere Kammernachbarn, mit dir Wand an Wand, Lisi. Auch bei Tisch werden wir die Ehre haben, mit Exzellenzens. Und sogar eine frühere Bekanntschaft, wir trafen uns einmal in Hannover in einer Gesellschaft bei den Leuwardens. Und alle schon tot, die lieben Leuwardens.«

»Ja, alle!« seufzt die alte Dame und nimmt, denn die Sonne meint's gut, den Schal ab, den sie über dem grauen Regenmantel trägt.

»Und so jung kommen Sie schon auf See und wollen die weite Welt sehen?« fragt der alte Staatsrat a. D., »kleines Fräulein?« Sie muckt auf über diese Bezeichnung. Wenn man schon in England war und in einer Genfer Pension und in Wien und Venedig, fliegt man doch nicht zum erstenmal aus dem Nest. Und wenn man eine große, unglückliche Liebe im Herzen trägt, und mit widerwilligen, kurzsichtigen Verwandten zu kämpfen hat, ist man nicht just ein Backfisch mehr.

»Ich wäre jetzt auch,« sagt sie ganz schnippisch, »lieber zu Hause hinter dem Ofen geblieben – wenn er auch kalt ist. Aber ich ›soll‹ ja reisen.«

»Jugend, liebe Jugend!« lacht die Exzellenz; »doch nicht etwa gar schon blasiert?«

»Ach,« seufzt seine Frau und legt ihre in Halbhandschuhen steckenden Finger auf seinen Arm: »Wenn mir das in solcher Frühlingszeit geboten worden wäre. Aber,« sie sieht sich nach einem der

Liegestühle, auf denen sich schon Reisende niederlassen, um – »das Wasser wird hier schon so breit. Wäre es nicht geraten, sich auch – Ruhe soll doch das beste Mittel gegen die Seekrankheit sein. Ausgestreckte Lage.«

»Kind, wir sind ja noch in der Elbe!« beruhigt ihr Gatte. »Und dann haben wir die Pillen der Gräfin Saldikow. Die sollen ja ein Präservativ sein. Man nimmt vielleicht jetzt schon, der Vorsicht halber, ein paar davon.«

Er bietet dem älteren Fräulein von Döhn, seiner Gattin und Lisi ein silbernes Büchschen an.

»Danke, ich bin stets mit Neptun auf gutem Fuße!« sagt das blonde Fräulein und schlüpft davon. Die Tante hat den Rücken gewendet. Dann die Treppe hinauf nach dem Sommerdeck. Und da ist wirklich noch niemand. Hier kann sie angelehnt stehen und weit Umschau halten, elbauf- und elbabwärts. Und ihre Gedanken in alle Welt schicken, ein festes Ziel haben sie ja nicht. Denn sie weiß nicht, wo er sich jetzt aufhält, seit ihm der Bescheid geworden, daß er und sie ein für allemal jede Hoffnung aufgeben müßten. Wo er aber auch ist, die Nachricht, daß sie trotz allem und allem zu ihm halten wird, muß ihn doch irgendwo erreichen. Denn Dina Schneider ist eine treue Freundin und hat versprochen, ihm das Briefchen durch seine Mutter zuzuschmuggeln. Ganz unverfänglich, als schriebe sie ihm ein Gedicht ab, das er haben wollte. Denn sie dichtet. Und sie liebt ihn selber, den schönen lustigen Hans Heinz, der sicher ein großer Maler wird.

Sie liebt ihn unglücklich, freilich, weil er Lisi liebt. Seit drei Jahren ist er der Held von Lisis Träumen, von der Eisbahn her, und wie man sich dann so sah. Dina Schneider stellte ihn vor; die kommt zu seiner Mutter ins Haus. Und Dina sagte, mit Tränen in den Augen: »Ich habe ihn ja damals schon lieb gehabt. Und hätte ich die Nebenbuhlerin in dir geahnt, nie hätte ich gesagt: Fräulein von Döhn muß mit uns laufen, Herr Hans Heinz Schmitt! Ich habe dann Verse gemacht, auf die Schlange, die mein Herzblut getrunken. Lisi, das war kindisch. Jetzt weiß ich, welch eine Größe im Entsagen liegt!« Ob sie Dina am Ende doch nicht trauen sollte?

Unsinn! alles kindische Gebaren Unsinn! Hans Heinz und sie!

So steht Lisi da, bereits beobachtet von Herrn von Haldern, der schon ihren Namen kennt, und weiß, daß sie und ihre Begleiterin, Fräulein Malwine von Döhn, je eine Kammer für zwei Personen bewohnen, Gesamtpreis 1300 und 1200 Mark, was sowohl auf luxuriöse Lebensgewohnheiten wie den nötigen Geldbeutel schließen läßt.

Ein hübsches Bild gibt sie in ihrer gedankentiefen Unbeweglichkeit, mit den aufgestemmten Armen und den ins Weite gehenden Blicken. Und Robert von Haldern, mit der abscheulich angewachsenen Schuldenlast und dem leichten Sinn, der darauf baut, daß sich irgendein Wunder begeben muß und wird, traut sich schon zu, daß er der Kleinen, unbewußt seufzenden, ein Ziel für nebelhafte Sehnsuchtsträume ausfindig machen kann. Und mit einem raschen Ruck wendet er sich. Es wäre nicht klug, jetzt schon zur Attacke zu blasen. Man muß ganz langsam ein Glimmfeuerchen anzünden. Aber in ihrer Nähe, an denselben Tisch will er, gegenüber, daß sie seine Augen sehen muß. Die sind doch mancher schon gefährlich geworden. Also zum Herrn Obersteward: »Das müssen Sie fingern. Am selben Tisch mit dem hübschen Fräulein von Höhn muß ich Platz finden.«

Robert von Haldern stellt sich Exzellenz von Berning, in der Kammer des Oberstewards, der schon tausend Wünsche vernommen und ebenso viele Fragen hat beantworten müssen, vor, und deixelt dann die Sache, was kinderleicht ist, denn »man will doch ein bißchen unter seinesgleichen sein.«

Über zwei vom Tischordner vorgeschlagene Kameraden hüpft er, als wäre er ein wenig schwerhörig, hinweg. Wer wird sich denn Konkurrenz anschaffen? Aber ein adeliger alter Professor, ein Theologe aus Westpreußen und ein russischer Bankier sind ihm recht.

Zu gleicher Zeit erzählt das ältere Fräulein von Döhn, neben dem Liegestuhl der Exzellenz von Werning sich mit einem Korbstuhl anfindend, wie froh sie ist, gleich Anschluß an sympathische und standesgemäße Mitreisende zu erhalten. »Sie denken, es ist hübsch, junges Blut und junge Augen um sich zu haben? Gewiß! Aber auch eine Verantwortung, eine sehr große. Besonders bei Lisi. Hübsch? Ja! lieb? auch! Aber das Kindsköpfchen! Ja, sehn Sie, das sagte mein Bruder: »Malwine, du hast eine schwere, sehr schwere Aufgabe.

Aber – du bist stark, bist verläßlich. Ein junges Mädchen, so heißt es im alten Sprichwort –« »Sie entschuldigen, Exzellenz, aber er ist ein wenig drastisch und ich bin wahr. Er sagte: »Ein junges Mädchen ist so schwer zu hüten, wie ein Sack voll Flöhe.« Und die Lisi ist dazu eine Erbin. Eine reiche Erbin. Das macht die Verantwortung noch schwerer. Ihre Mutter, eine Rheinländerin, von der sie die Heiterkeit und das Impulsive hat, starb früh. Ihr Vater reiste viel, das Kind kam aus einer Pension in die andere, war dann mit ihm, dann wieder bei Fremden. Seit er starb, vor vier Jahren, wurde sie unter unseren Augen in Hannover erzogen. Lisi hat manches in sich, das wir zu dämpfen suchen müssen. Sie ist ein gutes Kind – aber es ist schwer.«

»Ich versteh',« sagt die Exzellenz mit dem breiten schwäbischen Ton. »I glaub's!«

Malwine von Döhn streicht an ihrem grauen Reisekleid hinunter; sie muß hübsch gewesen sein. Rückt an dem beschleierten Hut, hebt und senkt die Lorgnette. »Wir sind alter eingesessener Adel. Lisis Mutter war eine Bürgerliche. Blut verleugnet sich nicht.«

»So nit und so nit!« meint die Badenserin. »Aber nix für ungut. Aus einem guten Bürgerhaus stammen wir zwei auch, der Berning und i! Das »von« hat er damals erst kriegt, als er Staatsrat geworden ist. Nur, daß i's auch sag.«

Malwine von Döhn drückt die Hand der neben ihr Liegenden. Sie liebt die ausgestreckte Lage nicht, sie ist zu unruhig dazu. »O, liebe Exzellenz, so war es nicht zu verstehen! Adel und Verdienst, ist für mich eins. Dem Verdienste seine Krone. Womit ich denn wieder auf Lisi komme. Ich bin ja so glücklich, daß wir nebeneinander wohnen, ich hoffe, der Verkehr wird ein angenehmer sein. Das Kind wird gleichsam mit in Ihrer Hut sein. Nicht wahr?«

»Wenn i nit zu arg seekrank sein werd, warum sollt i da meine Augen nit auftun? Ich glaube schon, solch'm netten Goldfischel wird alleweil gleich nachgestellt auf so ei'm Schiff. Das wird schon nit anders sein, wie im Ballsaal.«

»Ach – wenn hier, wo gewiß auch sehr nette junge Herren unter dem Reisepublikum sind, irgendeine Gelegenheit sich fände –« Malwine von Döhn sieht nach den unweit abliegenden Ufern – »das wäre nicht das Unerwünschteste. Denn denken Sie, Exzellenz, sie hat eine Neigung, der wir ganz und gar ablehnend gegenüberstehen müssen!«

»Das arme Dingle!«

Die Hannoveranerin überhört mit viel Haltung den Ausruf. »Ein Maler!« sagt sie nur, der Ton muß das Übrige tun.

»Wenn er was kann!« meint die Badenserin ganz unbefangen.

»Soll er ja! Hat sich in Paris und Rom herumgetrieben. Auf Stipendien!«

»Wenn er die kriegt hat, beweist das doch, daß er was kann.«

Die rundlichen Schultern machen eine abwehrend zuckende Bewegung. »Meinem Bruder, der Lisis Vormund ist, und mir, ist solch ein Weltbummler aber nicht sympathisch. Er bietet gar keine Garantie. Wir gestatten es nicht und hoffen in den zwei Jahren, die ihr noch bis zur Mündigkeit bleiben, wird sie anderen Sinnes. Und der Herr Hans Heinz Schmitt sieht dem Kolibri nach, den er sich langen wollte, mit leeren Händen.«

»Schade!« sagt die Exzellenz, »mir ist's immer leid um zwei junge Menschenherzen, die ihre erste Enttäuschung erleben.«

*

Man ist bei dem Lunch in ganz vergnügter Stimmung; die kleine Tafelrunde zu acht Personen stellt sich vor und kommt zu einem Einklang, der auf Malwine von Döhns Gesicht den Ausdruck der Genugtuung hervorruft. Der Oberleutnant a. D. von Haldern unterhält sich mit ihr, schräg gegenübersitzend, bescheiden und beflissen, über ihre Vaterstadt an der Leine. List gibt er ein paar Höflichkeitsworte. Der Staatsrat begrenzt mit seiner stattlichen Gestalt das junge Mädchen nach der anderen Seite. Der Theologe erweist sich als schwerhörig und der Professor als schweigsam, den russischen Bankier überflutet die Badenserin mit Fragen und Ausrufungen über die russischen Zustände, und Lisi ist froh, daß sie inmitten der Menschen und unter den Klängen der Musik mit sich allein sein kann. Sie sieht noch einmal die vorübergleitenden Schiffe, die stolze »Deutschland«, die draußen lag, es waren alles Bilder gewesen, die sich fest einprägten.

Und was Bild ist, leitet ja immer zu ihm, Hans Heinz, von dem sie nicht weiß, wo ihn die vier Winde haben, und von dem sie kein Lebenszeichen empfangen kann, denn die scharfen Augen der Tante würden alles entdecken.

Haldern bringt seine hübschgeformte Hand in das beste Licht, indem er dem Schnurrbart in seiner Straffheit ein wenig nachhilft, wobei auch der Wappenring seine zuständige Beleuchtung erhält. Er drückt die Lider ein und läßt dann einen verloren träumerischen Blick über die weißgekleidete Mädchengestalt gleiten.

»Gnädiges Fräulein haben natürliche einen Kodak mit?« »Nein, den schleppt ja alle Welt genügend umher,« sagt Lisi.

»Dann,« diesmal gilt es der Älteren, »schließen sich die Damen auch wohl nicht für die Landausflüge der Allgemeinheit an?«

»Doch, doch!« kommt es eifrig zurück. »Meinen Erfahrungen nach ist das die beste und richtigste Art, man braucht sich dann selber um nichts zu kümmern. Erproben Sie das nur erst mal, Herr von Haldern!«

Er hat schon daran gedacht, sich mit den Damen und den Exzellenzen zu einer Partie zusammenzuschließen. Das wäre solch unverfängliche Gelegenheit des Annäherns. Jetzt ist er froh, daß er nicht von Herde und Karawane gesprochen hat.

»Ganz meine Überzeugung, Gnädigste!«

»Gnädiges Fräulein werden ein Reisetagebuch führen?« fragt er Lisi dann wieder.

»Vielleicht.«

»Aber gewiß!« sagt Tante Malwine. »Ich tu' es auch immer. Wir Döhns reisen viel. In unserem Archiv in Alten-Döhnen – übrigens einer richtigen Wasserburg – finden sich Reisebeschreibungen, die zweihundert Jahre alt sind. Alten-Döhnen liegt an der Aller – Sie wissen, wo Karl der Große die Sachsen schlug –«

»Hm, selbstverständlich, meine Gnädige.«

»Und viertausend hinrichten ließ, des guten Beispiels halber,« wirft der Professor, zum erstenmal von seinem Teller aufblickend, ein.

»Neu-Döhnen ist eine halbe Stunde davon; das dritte Familiengut ist Döhnhausen. Sie kommen alle drei mal in eine Hand.« Dabei streift ein Blick das schimmernde Goldköpfchen.

»Nun, es ist ja jetzt vielfach gestattet worden, dem alten Namen einen neuen anzuhängen.«

»Schulze-Döhnen, Meier- oder Schmitt-Döhnen klingt gar nicht schlecht, Tante,« lacht Lisi plötzlich in die feierliche Abhandlung hinein.

»Übermut!« und Malwine droht graziös mit dem Finger, an dem eine schwarze Perle als Prunkstück sitzt.

Alle Achtung! Denkt Robert von Haldern, der sich selber immer als einen der schönsten Männer bei eingehenden Spiegelstudien erkennt. Drei Familiengüter hat die Kleine an dem Saum des fuß-freien Kleidchens. Was sind meine Schulden denn da? Ein paar ganz winzige Zahlen. Und ehe noch die Früchte gereicht werden, weiß er von dem miteilsamen »Schräg-à-vis«, daß die hübsche Lisi mit dem schwellenden Mund und dem Grübchen, das sich beim Lachen in der linken Wange zeigt, – so selten sind heutzutage schelmische Grübchen – ohne Anhang ist. Denn das eroberte Frei-fräulein Malwine von Döhn votiert ja schon für ihn, und der Bruder Vormund auf Alt-Döhnen steht sicher unter ihrem Regiment.

Er erzählt denn nun auch von dem Alter seiner Familie, ganz un-verfänglich liebenswürdig, und der hohen Verwandtschaft, die sogar bis zu einer Großfürstin hinüberspielt. Und ehe er die Finger in das Metallbecken taucht, um sie abzuspülen, zieht er den kleinen Veilchenstrauß aus dem Knopfloch. Er ist von Mieze, der kleinen roten Choristin, die ihn nach Hamburg begleitete, da wurde der letzte Abschied genommen. Die Blumen gab sie ihm beim Scheiden. »Wirst wenigstens so lange an mich denken, wie sie duften.«

Es soll und muß ja aus sein, denn Mieze's übertriebenen Wün-schen kann er nicht mehr nachkommen. Sie hat so viel Verständnis für Brillanten bekommen. Aber sie weiß, daß er sich rangieren muß – auf alle Fälle.

Aber anständig muß der Mensch sein! Fort mit der Erinnerung! Wenn man schon das Glück hat, gleich auf ein solches vielversprechenbes Jagdgebiet zu kommen, dann muß man auch mit der Sentimentalität aufräumen.

Kleine Mieze, ade! Das Scheiden tut weh! Aber sie ist vernünftig, und so viel Finger sie hat, so viel neue Verehrer warten auf sie. Das sagte sie ja selber. Braucht nur zu wählen.

Die Veilchen hängen die Köpfe, das Sträußchen bleibt liegen, als man aufsteht.

»Wie auffallend und wie parfümiert,« spricht Malwine von Döhn hinter einer Russin, die in langschleppendem losen Kleide vorüberrauscht, her.

»Ist auch nicht mein Geschmack!« gesteht Haldern zu, und weiß doch ganz genau, daß er die exotische Schwarze mit dem weichen Gesicht und der biegsamen Gestalt sicher aufs Korn genommen, hätte er nicht Ernsteres zu tun und dürfte keine schwache Stelle zeigen. Seine hübsche Gestalt reckend, bahnt er den Damen den Weg nach oben, reicht den Kaffee, sowie die Deckstewards den braunen Trank eingeschenkt, und fragt, wieviel Zucker man wünscht, mit dem festen Vorsatz, die Zahl sich einzuprägen. Die Erbin von drei Gütern dankt für seine Bemühungen, sie hat gar keinen Durst und ist davon, ehe es ihm gelingt, ein kleines Wortgeplänkel zu eröffnen. Schade! denn er hat ja alle Schlagwörter vom Tage auf Lager. Man kommt doch nicht umsonst aus Berlin.

Später kniet Lisi in ihrer Kammer vor den großen und kleinen Koffern. Endlich muß doch wohl aus ihnen herausgeholt werden, was man braucht und was den kleinen Raum heimisch macht. Damit sie aber auch weiß, wie weit man ist und wie es draußen aussieht, turnt sie von Zeit zu Zeit auf das braunrote Plüschsofa und guckt durch das messingumrahmte Bullauge und sieht Barken und große Fahrzeuge, den Leuchtturm von Neuwerk, ein blutrotes Feuerschiff. Rechts hin, über dem Gang, hört sie die Stimme der Tante, die sich mit Hilfe der Stewardeß einrichtet und ziemlich viel Wünsche dabei kundgibt. Links läßt die dünne Wand die Unterhaltung der Exzellenzen durchklingen. ›Männle, hilf mir auch wieder vom Boden auf! Auf meine alten Tag' ist's Knien kein' leichte Arbeit. Und solches Stübele – i bin schon gespannt darauf, wie du dich mit der Kletterei da 'nauf abfinden wirst? Oder meinst, i sollt's obere Lager nehmen? Ja, nur wenn's mi packt mit der Seekrankheit! Doch wohl ehender, als dich, gelt? Artig ist's bis jetzt auf dem Schiff. Artige Leute auch. Ich versteh' mi als schon mit dem Fräulein von Döhn, wenn's auch norddeutsch ist. Und arg nett ist's jung Mädele, gelt?

Und eine unglückliche Lieb hat's, deshalb schleift's die Tante 'naus in die Welt. Das herzig Dingele, dem könnt' ich's nit abschlage, wenn's auch einen heiraten wollt', der Schmitt heißt. Eh? Alter, du?«

Lisi faßt ganz verstohlen auf den Boden des Koffers und sieht in der Kabine umher, ob sie auch niemand belauschen kann. Und dann kramt sie aus dem unverfänglich aussehenden Ledertäschchen sieben Bilder ihres Hans Heinz, mit und ohne Hut, in Smoking und Malerkittel, und jedes einzelne bekommt einen Kuß. Wie trotzig und lustig zugleich er in die Welt guckt. Da ist kein schmachtender Augenaufschlag, wie bei dem Herrn Leutnant, den Tante Malve so in ihre mütterliche Gunst einschiebt.

Der Hans Heinz weiß, was er will: Seine kleine Lisi – die soll er haben, wenn auch eine ganze Welt sich dagegen stemmt. Sie werden warten müssen. Zwei Jahre. – Eine Ewigkeit freilich. Und wenn Onkel und Tante ihre Drohung wahr machen – bah, sollen sie sie enterben. »Was frag' ich viel nach Geld und Gut,« hat ihr Schatz sie einmal angesungen, »aber, dummer Bursch, ich habe ja auf alle Fälle ein Gut!« mußte sie doch erwidern.

Zum Zeigen und Stolzsein ist er auch, tannenschlank, mit einer braunen Mähne. Just auf dem einen Bild wirft er den Kopf herum, wie sie's gern hat. Das bekommt noch einen Extrakuß. »Bussi! Bussi!« summt sie ganz leise, und dann wird die kleine Tasche in das Netz, das über ihrem Lager hängt, geschoben. Ein Taschentuch darauf, als Schutzdecke. »Tante Malve, das ahnst du doch nicht!«

Am Morgen des dritten Reisetages sitzt Lisi von Döhn an einem der festgemachten Tische vom Achterdeck und schreibt in ein Heft, das sie in Rotterdam erstanden, eifrig, mit glühenden Backen. So entgeht sie wenigstens der Unterhaltung mit der Tante und dem Leutnant an ihrer Seite, dem sie schon den Beinamen der »Ewige« gegeben hat. Ein stilles Betrachten an der Bordwand oder auf Sonnendeck, ein Buch in der Hand, ein Flüchten zu der guten, behaglichen Exzellenz sind keine Schutzmittel gegen ihn.

Das Papier und die Feder muß er wenigstens respektieren. Sie liebt das Geschreibsel nicht, sie plaudert lieber, noch viel lieber denkt sie – an ihn. Und da stört sie jedes fremde Mannsbild ganz gewaltig. Und sie wird noch böse dazu, aus lauter Sehnsucht nach dem Fernen, während ein fremder Mann an ihrer Seite steht und mit ihr auf das Spiel der Wellen und den Glanz der Lichter und die lustig sich tummelnden Delphine schauen kann. Für Hans Heinz wäre das alles frische, künstlerische Ausbeute. Hier ist es nur ein Modevergnügen. Und dazu soll sie vom Tanzen und von Gesellschaften sprechen und hören!

»Der erste Tag war heiß,« schreibt sie nieder. »Er war auch nicht angenehm für viele, die sich wie in einem Lazarett in den Decklauben auf den Liegestühlen aneinandergereiht hatten. Darunter sehr hingegeben Exzellenz von Berning, der ihre Vorsichtspillen gar nicht geholfen; unbehaglich für Tante Malwine, die blasse und grüne Farbentöne hatte und nicht vom Stuhl aufstand. Sowie wir draußen in der See waren, begann's mit den Angsthasen. Mit dem Außersichtkommen des letzten Feuerschiffs schwand auch ihr Mut – sie mußten seekrank werden. Ich war gesund, wie ein Fisch und wandelte auf und ab und gab den – wahrhaftig ganz leisen – Bewegungen des Schiffes nach. Das heißt, sich Seebeine anschaffen, wie Oberleutnant von Haldern sagte, der mit mir rannte. Dazu war er mir recht. Sonst weiß ich noch gar nicht, wie er aussieht. Tante Malve findet ihn allerliebst. Was geht mich der an und die ganze Welt!?

Am folgenden Morgen hatten wir den Blick auf Scheveningen mit seinen stolzen Bauten, man konnte von Bord aus das Strandleben ganz genau beobachten. Dann bogen wir in die Maas ein. An Schiedam glitten wir vorbei; liebliche holländische Landschaftsbilder zeigten sich. Hierauf fuhren wir in den Hafen von Rotterdam ein. Ein bewegtes, großartiges Schiffsleben entrollte sich. Und es war behaglich, daß wir am Pier festmachten. Viel Aufhebens war bei den Einwohnern, die durch die grünen Anlagen herüberkamen, über das deutsche Schiff nicht. Wir aber konnten vergnüglich Königin Wilhelminens Lande die erste »Stippvisite« abstatten.

»Delphine! Schweinsfische!« ruft eine Stimme. Man eilt von allen Seiten herbei, um da, wo sie erklungen, auch auf die wie kleine braune Boote auftauchenden und unterschießenden, lustig das Schiff umspielenden Meerbewohner zu blicken.

»Lisi, Lisi!« kommandiert Fräulein von Döhn. Ratlos steht sie vor ihrem Buch, legt die Feder hin, dann stellt sie das Tintenfaß mitten auf das letzte, nur mit einigen Zeilen beschriebene Blatt. Da erbarmt sich der taube Theologe, er nickt ihr aus seinem Sessel zu.

»Ich werde von hier aus achtgeben!«

Ein sonniges Lächeln belohnt ihn. Fräulein Malwine aber sagt: »Immer fehlst du, wenn etwas zu sehen ist. Vorhin auch! Herr von Haldern suchte dich auf dem Sonnendeck und im Schreibzimmer. Man reist doch eigentlich um zu sehen.«

»Und die Döhns beschreiben das, was sie erblickt, – ich bin noch in Rotterdam, liebe Tante,« antwortet sie mit einem demütig ergebenen Ton, aber das Grübchen, dem Haldern so viel Aufmerksamkeit zuwendet, beginnt zu erscheinen.

»Ich habe mir die Pflicht auferlegt, das Archiv von Alt-Döhnen um ein neues Manuskript zu bereichern, damit nach wieder zweihundert Jahren –«

Fräulein Malwine ist unsicher, ob dies moderne Kind nicht gar sagen wird: Meine Nachkommen sich daran erfreuen. Sie schneidet mit einem Gewaltstreich ab.

»Herr von Haldern, kann ich mir eine gehorsamere Nichte wünschen?«

»Erstklassig, außerordentlich liebenswürdig; mein gnädiges Fräulein – –«

Er sieht Lisis zierliche Gestalt, die ein lichtblaues, spitzenbesetztes Kleid trägt, das wellige Haar ganz unbeschützt der Seeluft preisgibt, und die kleinen schmalen Hände auch, strahlend an, und versetzt seiner weißen Jacke einen Ruck. Gut werden sie einmal nebeneinander aussehen, das ist sicher. Eine Bewegung drüben – die Feder eines photographischen Apparats knackt. »Mein gnädiges Fräulein, da hat man uns soeben miteinander geknipst. Ein reizender Überfall – ich werde dem betreffenden Herrn Doktor Firnhaber die Buße auferlegen, uns seinerzeit ein Bildchen zu dedizieren.«

»Ja, ja!« meint das ältere Fräulein. Aber Lisi steigt eine Blutwelle ins Gesicht.

»Das ist mir aber gar nicht angenehm! Der fremde Mensch tut das so hinterlistig, und mit einem fremden Menschen so – so –« Sie fühlt, sie hat sich verhaspelt, tritt ungeduldig gegen den weißen Poller und verschlimmert noch, was sie vorher gesagt:

»Man soll da nun so gemeinsam auf einem Blatt Papier durch die Welt laufen, das ist's!«

»Lisi!«

»Mein gnädiges Fräulein!«

Haldern ist ganz strammer Haltung und bewegt sich etwas rückwärts. »Doch nicht meine Schuld! Und unter dem gnädigen Schutze Ihres Fräulein Tante bin ich, als einer Ihrer Tafelrunde, doch auch wohl nicht wie der erste beste von der Landstraße zu betrachten.« Sehr formell, sehr gemessen, sehr korrekt, denkt er.

Da lacht sie silbertönig.

»Aber Herr von Haldern, ich dachte doch natürlich, ob Ihnen das so ganz recht sein könnte. Wer weiß denn?« Da ist er versöhnt und macht eine Verbeugung.

»Für mich eine Ehre und ein Glück, mein gnädiges Fräulein!«

»Na, na!« und unter dem Lächeln der Tante huscht sie davon, dem Tisch auf dem Achterdeck wieder zu. Richtig, der gute Herr Pastor sitzt noch auf seinem Platz, ein treuer Hüter, und sie faßt wieder nach der Feder:

»Von Bord ging's anderen Tages in die Wagen, eine große moderne Karawane bildeten wir durch die Stadt. Trägerinnen von Goldhäubchen mit den weißen Faltenschleiern schritten einher und Mynheers mit ernsten Gesichtern. Dann kam eine Bahnfahrt nach dem Haag. Man ging zu Rembrandt und Rubens und Potter und Netscher und Memling, und all den anderen herrlichen Malern, die sich dem Zuge dieser Großen anschließen, ins Mauritshuis. Ach – ich hätte da wohl jemanden neben mir haben mögen, der nicht mit gewöhnlichen Menschen-, sondern mit Maleraugen sah – und mir erklären konnte, warum ich so viel stille Andacht und Freude empfand!

Ob ich den Döhn-Nachkommen für künftige Zeiten hier gestehe, daß dieser Wunsch auf eine Gestalt mit lieben warmen Augen und einer so guten Stimme ging?

Nach dem Schloß »ten Bosch«, wo die Friedenskonferenz getagt. Die Straßenbahn führte uns dann nach dem so nahen Schevenigen ins moderne Badeleben; es fügt sich an wie ein Vorort. Große Terrassen, ein riesiges Kurhaus und viele Hotels und buntes Strandleben und internationales Getriebe, Familienbäder, Eleganz und Einfachheit, Konzert des philharmonischen Orchesters aus Berlin. Tante Malve will alles sehen und hören. Sie hat einen *cavaliere servente*, der ihr einen ganz wunderbaren Strauß schenkte. Huldvoll wie eine Fürstin nahm sie ihn entgegen und dann sagte sie zu mir: »Der muß ja an solchem Ort ein kleines Vermögen gekostet haben! Spricht dafür, daß er vermögend ist!«

»Oder – nicht rechnet!« schloß ich.

Sie blickte böse.

Ich bekam von Tantes Ritter drei wunderschöne Rosen. Ihr Strauß schmückt unsere Tafel. Meine Blumen warf ich im Mondschein durch das Bullauge auf die silberglitzernden Wellen.

*

Rasselnd geht der Anker im Hafen von Ostende nieder, unweit all der Dampfer, die hier den Verkehr mit England vermitteln. Die Stadt gibt ein buntes Bild mit farbigen Häusern, Bahnhöfen, über denen die Dampfwolken lagern, Piers, ragenden Kirchtürmen, alten Giebeln und mächtigen Speichern.

» *La reine des plages!*« Dies ist erst der Vorhang vor der Szene,« sagt Herr von Haldern.

»Die Herrlichkeit des Strandes sehen wir nach Durchquerung der Stadt.«

»Ich fürchte,« seufzt Malwine von Döhn, »ich werde gar nichts davon sehen. Meine Migräne zeigt sich an. Meine Schläfen klopfen –,« sie sieht bleich aus und die Lider sind leicht gerötet. »Ach, und dann kann ich zwei Tage aus dem Reiseprogramm streichen. Du weißt ja, Kind.«

Es ist nach dem Lunch! Lisi blüht frühlingsfrisch in einem weißen Kleid und großem Hut mit Rosen. Für Ostende haben auch die eleganten Damen an Bord besondere Toilette gemacht.

Ergeben steht Lisi da. Sie weiß, wenn diese Vorrede kommt, ist die Tante in wenigen Minuten an ihrem Lager, um sich in Stille und Dunkelheit auszustrecken, und mit Schlafmitteln gegen den bohrenden Schmerz zu kämpfen.

Just im Hafen; gerade hier, denkt sie, und daß den Döhns der Zukunft nun dieses Blatt in ihrem Reisebericht wird fehlen müssen.

» *La reine des plages*,« spricht sie dem Leutnant nach, der in Erinnerungen an Erlebnisse, Begegnungen und Spielverluste in Ostende versunken, da lehnt, kokett angezogen, auch beste Nummer aus seinem Koffer; jedenfalls tipp topp bis auf die Krawatte und Nadel. Dem kann kein prüfender Blick etwas anhaben.

»Aber,« Malwine sieht Frau von Berning mit Regenmantel und Schirm eben aus dem Türrahmen des Treppensalons auftauchen. »Da ist ja eine Rettung! Liebe Exzellenz, dürfte sich heute Lisi Ihnen anschließen? Ich sagte schon frühmorgens, ich fühle meine Migräne kommen –«

Die liebenswürdige Frau läßt sie gar nicht zu Ende reden.

»Heute! Morgen! Wann Sie wollen! Ein herziges Töchterle kriegen wir da, das Männle und ich.«

»So dankbar, so sehr dankbar. Ich halte mich schon nicht mehr auf den Füßen! Und wenn du zurückkommst, Kleine, – gar nicht mehr nach mir schauen. Ruhe, nichts als Ruhe brauche ich!«

Sie geht, Herr von Berning spricht auch seine Freude aus, mit allem Bedauern für das arme Fräulein, daß er Pflegevater sein darf.

»Auch ich biete meine Ritterdienste,« sagt Haldern.

»Ei, schau auch, als Schutzengel!« lacht die Badenserin. »Nein, vorerst langt's schon noch bei meinem Alten mit der Kavalierspflicht, eh?«

Die kleinen, schnellen Pinassen gleiten die kurze Strecke vom Meteor bis zum Landungssteg und befördern die Reisetruppe in Schnelle. Bernings gehören nicht zu den Eiligsten und Drängenden.

Aber dann klettert man doch endlich die feuchten Holzstufen hinauf und ist nach wenigen Schlitten in die Stadt hinein.

Herr von Berning bekehrt die Damen, daß die vielen Kneipen andeuten, daß der Alkoholverbrauch in Belgien im Vergleich zu den anderen Ländern den Rekord schlägt. Nicht weit von einer Gruppe Mädchen, die das Bindfadenfilet mit köstlicher Handgeschicklichkeit ausführen, sitzt ein Maler vor seiner Staffelei.

Frau von Berning macht Lisi aufmerksam: »Das muß sicher ein gutes Bildle geben.« Und sie ist mit einer ungewohnt raschen Wendung hinter dem Mann mit dem schwarzen Strohhut, und will ihm über die Schulter blicken. Unwillig scheint er die Störung abwenden zu wollen, aber nach einer nur halben Drehung springt er auf, und macht eine einladende Handbewegung. Ein Fragen, ein Leuchten, ein Begreifen liegt zu gleicher Zeit in seinen Zügen, aber ein Ausruf scheint auf seinen Lippen gebannt zu werden.

»Danke schön, das interessiert mich arg. Die Gruppe hätt' ich mir auch just ausgesucht, mein' i! Und ein fein's Bildle, ein gar nett's, wird's, soviel seh' i auch schon. Denn ein bißle tu i selber mal'n und verstehn.« Das spricht die Exzellenz lebhaft und vergleichend und betrachtend. Ihr Mann und Herr von Haldern stehen eine Strecke entfernt vor einem Korb frischer, zum Verkauf getragener Fische und erfragen die Namen.

»Mein' Dank!« sagt Frau von Berning nach einem Weilchen, und auch Lisi grüßt den höflichen Maler, der sich anschickt, seinen Platz wieder einzunehmen.

Langsam schlendert die Gruppe weiter, dann kommt eine Drehung – man ist an der großartigsten Digue der Welt.

Herr von Halern ist zerstreuter als an Bord. »Es liegt in dieser Luft etwas,« und als der Staatsrat ihn fragend ansieht, meint er rasch: »Belebendes, Stärkendes! Der kräftigste Wellenschlag, die salzreichste Luft, da gibt's gar keine Konkurrenz!« Die Luxusbadekarren zeigt er und berichtet, daß sie bei einmaliger Benutzung zehn und fünfzehn Franken kosten.

»Schauderhafte Verschwendung!« sagt der sparsame Staatsrat.

»Nicht satt sehen kann man sich,« meint Frau von Berning. Im Wasser wimmelt es, man badet überall »Familie«. Auf der Digue wimmelt es, man zeigt Toiletten, starrt auf das Meer, das in allen Farben herrlich erglänzt. Bekannte grüßen sich, und es werden Bekanntschaften gemacht. Da sind die großartigen Hotels aneinandergereiht, und die schmalen Häuser mit den reizenden, eingebauten Balkons. Herr von Haldern konstatiert, daß die Russin vom Bord des Vergnügungsdampfers selbst hier mit ihrer exotischen Erscheinung ausfällt. Endlich setzt man sich für zwei Sous auf Stühle und schaut dem Badetreiben zu. Herrn von Haldern fällt es ein, daß ein paar Freunde von ihm just hier sind, nach denen er doch sehen muß, und so beurlaubt er sich für ein Weilchen.

Die drei werden stiller, das Sehen macht müde. Die lebhafte Frau hat weniger Bemerkungen, nur einmal meint sie, den höflichen Maler in der Ferne zu sehen.

»Kann auch ein anderer sein; hierher werden schon genug kommen. Da möcht' man halt alles malen. Dort ist just solch ein kecker Hut, wie der'n hatte, wieder, aber seine großen Augen, die schauten anders. Ein hübscher Bursch war's und so artig. Nit jeder leidet's, daß man ihn stört!« lobt sie. Und dann betritt man das Innere des Kurhauses mit dem sich nach oben verjüngenden, gewaltigen Konzertsaal, in dem alle zwei Stunden eine neue musikalische Darbietung erfolgt. Jetzt brausen Orgeltöne durch den Raum, und Orgelspiel liebt die Exzellenz, wenn sie auch allemal weinen muß.

Der Gatte wählt einen Platz außen auf der Terrasse. »Geh schon! All die schönen und geschmückten Frauen sind heut' keine Gefahr mehr für dich!« gibt sie ihm als Geleitwort mit. Sie und Lisi finden noch just zwei Plätze. Als Hüterin des Lämmleins mußte sie eigentlich hinter ihm sitzen, aber das läßt die liebe Kleine absolut nicht zu. Und so lauscht sie versunken, und trocknet sacht ihre Tränen, und hört wieder zu, ganz beglückt. Sie vergißt Ostende und die Menschenmenge und den Gatten draußen; ihr Herz flattert auf den Tonwellen in die Höhe, sie ist ganz Ergriffenheit und Frömmigkeit.

Ach, da sagt eben in der Pause eine frische, süße Stimme in ihr Ohr: »Nicht wahr, Exzellenz? – ich kenne das, Tante hat morgen sicher noch Migräne – ich darf doch wieder mit Ihnen herkommen? Ich bin doch brav gewesen?«

»Brav wie'n Engele.« Denn nach solchen Tönen kann sie nur himmlische Vergleiche machen.

»Ja, ganz gewiß komm ich wieder mit, bis zum Abend!«

Und nun nickt sie nur noch, denn eine neue Fuge beginnt, und faltet die Hände über dem Regenmantel auf dem Schoß. Und nur ab und an das Rauschen des Programms hinter ihr, das fällt und von der Kleinen wieder aufgehoben wird, ist ein irdisches Geräusch für Frau von Berning.

Als nach dem Diner im Kursaal, bei dem Herr von Haldern zugegen war, und abendlichem Vokalkonzert, wo er verschwand, weil ihn seine Freunde mit Beschlag belegt, die drei zu Fuß zur Landungsstelle gehen, bezeichnet Frau von Berning todmüde, aber glückselig, diesen Tag mit als einen der schönsten ihres Lebens.

»Männle, daß du mir das gezeigt hast!« sagt sie warmherzig.

Und der graue Herr schmunzelt: »Ja, gesehe muß eins so etwas schon haben.«

Lisi bedankt sich. Sie wird nicht mehr, wie geboten, zu der Tante hineinschlüpfen. Sie ist so herzig und sieht so glücklich aus, daß die schutzbereite Pflegemutter ihr beide regenmantelbekleideten Arme um die Schulter legt und sie an sich zieht. »Liebes Töchterle, es war uns ja eine Freud'.«

Am folgenden Tage ist es das gleiche gute Wetter und Fräulein von Döhns Migräne ist gleich schlimm. Und alles schwärmt vom Schiff aus, in den goldenen Sonnenschein. Lisi trägt einen bescheidenen Mantel auf dem Arm, und das sieht Frau von Berning mit Vergnügen. »Nit vorsichtig genug kann eins sein!« Sie streift Herrn von Haldern mit einem forschenden Blick. Der muß mit seinen Freunden arg gekneipt haben, denn er sieht blaß aus und müde, und hat sich beim ersten Frühstück Anchovis geben lassen.

»Auch Migräne?«

»Ein heranziehender Schnupfen jedenfalls!« sagt er etwas hinfällig. »Ich muß um Entschuldigung bitten, wenn ich mich nicht gleich anschließe.«

Verschnupft! Gewiß ist er das, über die Tücke des Schicksals, das ihn beim Spiel, zu dem er naturgemäß nicht viel Überredung von anderer Seite brauchte, verlieren ließ.

Ja, das bißchen Jeuen hat enorm viel Franken verschlungen. Sehr spät hat ihn der Graf Lattin aufgegriffen, und in den *Cercle privé* eingeführt. Oh, welch ein Gewimmel und Rauschen und Duften und Blitzen von Frauenaugen und Brillanten das war! Und wieviel blasierte und gespannte Männergesichter; das muß man auch kennen gelernt haben! Gewiß! Und Lattin hat ihn nach seinem Vertust vertraulich auf die Schulter geklopft. »Lieber Freund, du findest mich morgen da und da!« Mit ein wenig Schläfereiben und Kopfzerbrechen wird er ja wohl noch die Adresse herausfinden. Und Lattin ist ein Mensch, der ihm auch aus der Klemme hilft, dem er sich anvertrauen kann.

Herr von Haldern will einen tiefen Blick in Lisis schöne Augen tun, aber die sind weggewandt. Das Zerstreute der Kleinen am heutigen Morgen wird doch nicht etwa ein Schuldkonto seinerseits bedeuten? Sie fühlt sich am Ende vernachlässigt? Ums Himmels willen! Läßt sich ja aber gutmachen. Zusammenreißen! ruft er sich zu und stürmt die Treppe hinunter. Kandare anlegen! Er darf sich selber nicht durchgehen. Im ersten Gang trifft er die Stewardeß der Döhnschen Damen.

Wie geht es der Gnädigen? Wollen meine Empfehlungen ausrichten! Ich bin noch ein paar Stunden an Bord. Vielleicht, daß sich die Gnädige entschließt, hier oben etwas Luft zu schöpfen. Stände ganz zu Diensten, bitte zu bestellen.«

»Ach nein,« sagt die in ihrem volltönenden Hamborgsch, »Fräulein von Döhn sieht und hört nichts, und wollte selbst das junge Fräulein nicht sehen. Aber, wenn sie mal klingelt, kann ich ja das alles nachholen.«

Er spitzt die Lippen, pfeift jedoch nicht. Heute fällt er selbst mit den sogenannten Höflichkeiten herein. Da kommt sein Kammersteward, der auch zugleich der der Damen ist.

»Na, Rotmar, wissen Sie eigentlich, wann und wie ich nach Hause gekommen bin? Mir ist's nicht ganz erinnerlich. Pinasse nich mehr da drüben, das weiß ich – sonst – hm!«

»Ja, bis morgens fünf Uhr bleiben die auch nich liegen.« Es ist wieder gut Hamborgsch und ein Vollmondgesicht lacht ihn dabei an. »Ich war schon auf und sah, daß der Herr Leutnant mit drei anderen Herren in einem Boot kamen. Und wie sie da alle Viere nich ganz gut mit den beiden Vlämischen oder was sie sonst waren, fertig werden konnten. Endlich ging es ja aber und der Herr Professor zahlten für alle.«

»So, denn bin ich dem also –«

»Der weiß das gewiß noch weniger wie der Herr Oberleutnant. Dem habe ich Haferschleim in die Kammer gebracht und auf den Kopf Umschläge machen müssen.« Und er lacht blank und gutmütig. »Das ist Unsereins ja gewohnt. Das wissen wir schon. An so'n Plätzen, wie der hier, da geraten die Jungen und die Alten gern en Büschen aus'm Gleise. Das kommt bannig oft vor. Un' das Fragen hinterher, das kennen wir genau auch. Da haben denn viele en swaches Gedächtnis von den Ereignissen. Wer denn ohne Familie da sind, wie der Herr Oberleutnant – da geht ja denn das keinen was an, und is weniger schenierlich.«

Haldern lacht, obwohl's ihm weh tut.

»Drüber reden woll'n wir nicht gerade, Rotmar, – für das Hinunterschleifen in meine Kammer, das hatten Sie wohl übernommen?«

»Kam mir ja zu, war Pflicht und Schuldigkeit, Herr Oberleutnant.«

»Danke sehr, danke! Na – und also schweigen? Mein engster Kreis, Damen, wie Fräulein von Döhn zum Beispiel –«

»Ja, Damens, die haben ja für so was kein menschliches Verständnis!« gibt der Steward zu. Und als er ein Dreimarkstück in seiner Hand fühlt, dankt er mit einer Verneigung, sagt aber: »Wär gar nicht nötig gewesen, Herr Oberleutnant. Sweigen ist bei uns 'ne gelernte Anstandspflicht.«

Die Badenser sind, wie alle Süddeutschen, sparsam, lassen die verschiedenen Gruppen in Wagen an sich vorüberrollen und schlagen den Weg von gestern ein.

Das Leben vor den Türen und auf der Straße im Schifferviertel ist wieder ebenso lebhaft. Bunte Gruppen und ein Hin und Her,

Schreien und Gestikulieren, und in die frische Seebrise mischt sich der Geruch eben gefangener und anderer, schon trocknender Fische.

»Im Wandern und Stehenbleiben,« sagt der Staatsrat, »lernt man die Menschen und die Städte viel besser kennen und nimmt manches Kleine und Hübsche wahr.«

Die lebhaften Äugen seiner Gattin suchen. »Ob der Maler wieder – nein, dort saß er, ich weiß es ganz genau. Er bummelt also heute! Schade! ich hätte gerne gesehen, wie weit die Skizze gediehen war! Fräulein Lisi, ich glaube, er steht da drüben bei den Fischern. Der Hut und das Blonde und die Haltung? Nun guckt er her! Wirklich! Aber, vielleicht ist's nur eine Ähnlichkeit. Der von gestern hätte uns gewiß gegrüßt. Ach, welch reizende Kinder! Nein, dort die dicke Frau, ein Rubens, Berning, ein ganzer Rubens.«

Und so geht es langsam dem Anfang der Digue zu, das Kurhaus ist wieder da in seiner flimmernden Pracht, das Gekrabbel am Strande. In den Fluten lebt es, vor den Badekutschen rennt es hin und her, oben auf der Promenade wogt es, unten auf dem Sand stehen Gruppen.

Da kommt plötzlich Frau von Berning ganz dicht an ihren Mann heran. »Lockt's dich nit auch, Männle? In dem Wellenschlag, da möcht ich schon mittun –;« und langsamer: »Wenn du mittätest, Alterle. Letztjahr haben wir doch im Bodensee täglich vier Wochen auch mitgetan«

»Was denkst, Fraule?« Aber er guckt ganz begehrlich.

»In Scheveningen hat's mir nit so angetan gehabt. Aber gestern hört ich einen sagen, der war viel älter als du, Gustävle, daß er auf der Tour an jedem Platz baden wollt. Das hätt' er sich vorgenommen.«

»Und du denkst, Mariele?«

»Denn könnt man doch ebenso gut vermeinen, man wär überall ein paar Wochen gewesen. In Trouville nachher und in Biarritz und so weiter.«

»Bei dem herrlichen Sonnenschein,« sagt der Staatsrat. Und sie nickt; er hat genau solche Lust wie sie.

»Mariele?«

»Gustävle, wir machen's.«

»Aber« –

»Ja, wenn man's sich getrauen sollt! Aber, ob's der Tante recht wär? Und der Herr von Haldern könnt dazu kommen, und ob man's da nicht schenierlich fänd für das Fräulein Lisi. Halt nur unser anvertrautes Kind –«

Lisi wird rot; sie war all die Zeit schweigsam. Jetzt sagt sie hastig, drängend: »Aber, Exzellenz, Sie dürfen nicht an mich denken. Der Tante wäre es sicher nicht recht. Da tu ich's lieber nicht; solche Lust ich auch hätte!«

»Armer Schneck, denn lassen wir's besser – Sie –« Lisi schüttelt energisch den blonden Kopf. »Darum! Sehen Sie doch nur, wieviel Damen überall allein sitzen und das Gewimmel betrachten? Das kann ich doch auch.« Ganz dringend, ganz bittend. »So brav will ich auf einem Stuhl hocken und mich nicht rühren. Na, bei der Treppe, an der Balustrade, Gelt?« sagt sie, das oft gehörte Wort betonend. Sie will nach Regenmantel und Schirm greifen.

»Und das hüte ich.«

»Nein, könnt ich brauchen, wenn ich aus dem Wasser komm. Eh, Gustävle?«

Und noch ein wenig zögernd, aber Lisi nickt eifrig, und hat solch lieblich bittende Miene. Da rückt der Staatsrat ihr den Stuhl, auf dem sie sitzen soll, zurecht, und dann steigt endlich, nach ein paar Reden hin und her, das ältliche Paar die nächste Treppe hinab. Immer nach einigen genommenen Stufen dreht sich Frau von Berning um und nickt Lisi zu.

Allmählich erst verschwinden die beiden unter den Gruppen da unten.

Die Sonne ist in voller Mittagsglut, die blauen Wogen beginnen zurückzurollen vom seinen weißen Sand, den sie bis zu herkömmlicher Höhe überflutet hatten, drei volle Stunden sind vergangen. Da steigt das Paar langsam auf den gleichen Stufen wieder empor und das Winken beginnt, wie vorher. Und Lisi nickt und schwenkt ein

Zeitungsblatt, und steht dann auf und kommt den Exellenzen entgegen.

»Herrlich war's,« sagt Frau von Berning. »Aber lang' hat's gedauert. Das erlebt eins ja gar nit, daß es eine Karre kriegt, solch ein Andrang. Armes Ding! hat sich wohl sehr gelangweilt das Fräulein Lisi?«

»Aber gar nicht, gar nicht!« ist die eifrige Versicherung.

»Und nun, hab ich 'n Hunger – Gustävle, einen argen!«

Der Staatsrat wischt mit dem Tuch über sein Gesicht, das in der kurzen Zeit, in der er am Strand und im Wasser den grellen Sonnenstrahlen ausgesetzt war, krebsrot geworden ist.

»Dann wollen wir sein unsern Hunger stillen,« meint er bedächtig und zieht den Bädeker hervor, um den zu fragen.

»Nun kann mer doch sagen, daß man eine Badekur in Ostende gemacht hat – was?« lacht die heitere Frau. Man steht geduldig neben den Stühlen, um nicht für die wenigen Minuten zu zahlen. Ein bißchen umständlich sucht Herr von Berning und als er endlich gefunden, meint er: »Jetzt führ ich euch in die Stadt. Auch da muß mer gegessen haben, sollt ich meinen.«

»Und der Herr von Haldern hat sich nicht blicken lassen?«

Lisi zögert, nickt dann und gesteht: »Gesucht hat er schon, vor etwa' einer Viertelstunde, ganz nah hier herum. Da saßen so viele Leute – na, und dann – ich konnte doch nicht rufen und winken, nicht wahr?«

»Und wenn man vielleicht auch grad das hübsche Näsle in die Zeitung gesteckt gehabt hat? Was steht denn auch drin? Wenn i denk, daß ich mir als junges Mädle eine Zeitung sollt gekauft haben? Ja, heut ist mer anders – ganz modern!«

Nach dem Frühstück verlaufen die nächsten Stunden wie die am Tage vorher. Man nimmt den Kaffee in einem hübschen Restaurant, betrachtet die Menschen, grüßt Mitreisende, und dann verlangt Frau von Berning wieder das Orgelkonzert zu hören.

»Du, Männle, magst deine Studien von gestern fortsetzen, eh? 's ist halt meine Passion, weißt's ja!«

Und wieder sitzt er draußen und sie drinnen, und wieder, nur daß es auf der andderen Seite ist, Lisi hinter ihrer Beschützerin, die genau wie vierundzwanzig Stunden vorher, die Hände über Mantel und Schirm faltet. Und neben ihr rauscht und fällt Lisis Programm, als einzig irdisches Geräusch, denn auf den Orgeltönen schweben das Herz und die Gedanken der Exzellenz in höhere Regionen und von Zeit zu Zeit gleitet ein klarer Tränentropfen auf den Spitzenkragen, mit dem sie sich geschmückt hat. »So gleich 'nein in den Himmel möcht eins steigen!«

Als man beim Diner sitzt, kommt ein Piccolo mit einem riesigen Blumenstrauß und einer Entschuldigungskarte von Herrn von Haldern an die Exzellenz, und drei Rosen läßt er zu Fräulein von Döhns kleinen, schnellen Füßen niederlegen. Er hat vergeblich die Herrschaften auf der Digue und im Kursaal und in den Restaurants gesucht, und nun kann er zu seinem größten Leidwesen nicht erscheinen. Freundschaftsdienst, Pflichten. Glücklicherweise werden die ihn an den anderen Plätzen nicht erwarten.

»Hm!« sagt der Staatsrat.

»Aber höflich ist der junge Mann und aufmerksam. Nein, solch ein Strauß, Männle!«

Eine Stunde später, während des Vokalkonzerts, sieht Frau von Berning, die ihre kostbaren Blumen hütet, daß Lisi die Rosen eine nach der andern zerpflückt hat.

»Ja, liebes Kind –,« und sie lacht schelmisch, »wenn's nit ein Orakel bedeutet, ist's wohl ein Bissel arg zerstreut.«

»Orakel? Vielleicht!«

Als man später durch das nächtliche Dunkel hinüber sieht nach dem Anlegeplatz des Meteors, stößt die Badenserin einen Freudenruf aus. Ganz herrlich, über Topp illuminiert, alle Linien lichtumflossen, alle Bullaugen in Helle erstrahlen lassend, liegt das Schiff zur Parade für die Ostender Welt da.

»Uns zur Freude!« sagt Frau von Berning.

Ein ganzer Trupp Meteorreisender, der auf die Pinasse wartet, hat sich schon eingestellt, als die drei durch die sehr schwarze Nacht zur Landungsstelle kommen. Ein Drängen und Schieben, die

Ermüdeten streben alle heim, denn in der Morgenfrühe fährt der Dampfer.

»Fräulein Lisi, sind Sie auch da? Haben Sie Platz?« erklingt die Stimme der Beschützerin.

»Ich komme in die andere Pinasse, warten Sie aber oben nicht auf mich, Exzellenz! Vielen Dank! Gute Nacht!« erschallt's zurück. Schon arbeitet die kleine Maschine über das in schwachem Lichtschein aufblitzende Wasser. Und wirklich, Marie von Berning ist so müde, daß sie auf der kurzen Strecke bis zum Deutschen Schiff ihren Kopf an die breite Schulter ihres Gatten stützen muß. »Männle, wie bin ich müd'. Nun wird mir die enge Koje wie ein großes Paradebett vorkommen, gleich 'nunter, gelt?«

Und ihren Strauß haltend, klettert sie das Fallreep hinauf und nickt dem Steward zu. »Da wär'n wir!« Denn die einzelnen Kammerstewards haben die Pflicht, vor der Abfahrt Kontrolle zu halten, ob ihre Nummern ankommen. Und der Staatsrat, der schon in Rotterdam über diese verantwortungsvolle Aufgabe belehrt ist, setzt hinzu: »Fräulein von Döhn ist in der nächsten Pinasse.«

»Da sind meine komplett!« sagt der Steward zu einem Kollegen, »lauter solide Leute.«

Der andere seufzt, es ist der Hamburger mit dem breiten Vollmondgesicht. »Könnt' ich von meinen nicht sagen; die werden ja wohl die letzten sein müssen.«

Man huscht in den Gängen hin und her, müde von dem Tagewerk, dem Vergnügen. Der Branden, der Stewardesse, bestellt Exzellenz noch Grüße für das kranke Fräulein.

»Darf ich erst morgen ausrichten, will nicht gestört sein.«

»Weiß schon! Die Kleine schlüpft auch gleich in ihre Kammer. Ein liebes Töchterle war's gewesen, gar lieb, sagen Sie auch!«

Und das Anker aufnehmen, kurz vor Sonnenaufgang, stört den Schlaf derjenigen nicht, die schon früh heimgekehrt – und die in Booten im letzten Augenblick kommen, hören, ein wenig traumselig und übernächtig, das Signal zur Abfahrt. »Ja, geht es denn schon los?«

*

Ein wenig trübe der nächste Morgen, aber Fräulein Malwine von Döhns Antlitz ist sonnig. Die Migräne ist fort. Nun hat sie neue Lebenskraft und Lust, und einen wahren Höllenappetit. Den beweist sie beim Frühstück. Sie trägt, bereits für Trouville gekleidet, kupferbraun mit grünen Passamentverzierungen. Es sitzt alles an ihr tadellos. Sie hat nach überstandener Migräne immer gute Laune. Exzellenz von Berning lobt Lisi, die sich heute als Langschläferin bewährt, ihr Pflegetöchterchen, und Malwine sieht nach dem Platz Halderns, der auch noch leer ist. Seine teilnahmsvollen Empfehlungen sind ihr ausgerichtet. Ja, wohlerzogene Menschen!

Viele Herren sind unpünktlich heute, die stärksten Erstfrühstücksmenschen, das kann sie konstatieren.

Die zu solider Zeit an Bord Gekommenen, schauen nach der französischen Küste, der man nun schon näher ist, hinüber.

»Na, Trouville und alle anderen Plätze müssen mich für das, was ich versäumte, entschädigen!« sagt die Hannoveranerin.

Haldern begrüßt die Bekannten. Er sieht blaß und grünlich, wie am Tage vorher aus.

»Eh, ist der Schnupfen noch da?« fragt die Exzellenz.

Er legt die Hand auf die Brust und verneigt sich. »O, rühret, rühret nicht daran,« und sie versteht und sagt nichts von dem großen Kater, der wohl schlimmer miaut und sich eingekrallt hat als der gestrige. Wenn ein Oberleutnant auf dem Wege ist, eine Schwiegertante zu erobern, muß man kein lästiger Störenfried werden.

»Und dem gnädigen Fräulein, das zu sehen ich noch nicht das Vergnügen hatte, ist Ostende auch gut bekommen?« erkundigt er sich beflissen.

»Ja, die wird jetzt beim Frühstück sein.«

»Aber die Zeit ist doch wohl schon vorüber?«

»Unerhört!« Dann lacht Malwine. »Die Branden wird sie auch nicht in der Kammer verhungern oder dursten lassen und ihr schon etwas eingeschmuggelt haben. Und die kleine bequeme Person hat sich den Umstand zunutze gemacht, daß ich am Abend und in der Früh nicht besucht sein wollte.«

Da kommen von der einen Seite der Obersteward und der Kammersteward auf Malwine von Döhn zu. Der eine hat ein ganz banges Gesicht, der andere ein sehr ernstes, von rechts nähert sich der Assistent des Funkentelegraphisten.

»Gnädiges Fräulein, ich muß es doch sagen. Fräulein von Döhn hat diese Nacht ihre Kammer nicht betreten – und ist bereits auf dem ganzen Schiffe gesucht und nicht gefunden.« Und sie greift nach dem Arm der Exzellenz, um nicht zu fallen.

»Nicht da? nicht gefunden? Ich versteh' nicht – sie kann doch nicht –« ihre laut aufschlagenden Zähne bekunden, daß sie von einer tödlichen Angst überfallen ist und ihre irrenden Blicke suchen den blauen Meeresspiegel, von dem sie eben noch so geschwärmt hat, und dann deckt sie schaudernd die Hände über die Augen.

»Nein, nein!« beruhigt Frau von Bering. Was denken Sie denn nur? Solch ein frisches, gesundes Mädel!«

»Aus Liebe – aus unglückseliger Neigung – die moderne Jugend! Ach, da hätt' ich tausendmal lieber doch – hätt' ich doch nicht entgegen sein sollen!« stöhnt die Hannoveranerin.

Der Funkenmann steht steif da, die Depesche, die sie nicht sieht, ihr entgegenhaltend. Der Staatsrat nimmt sie, auf seinem wohlwollenden Gesicht liegt nicht die geringste Besorgnis. Da wird's wohl die Aufklärung geben. Bitte, ganz unauffällig, Fräulein von Döhn. Was braucht alle Welt zu hören und zu wissen, daß die Romantik nicht ausgestorben ist.«

Und nur die kleine Gruppe der Bekannten und der Obersteward vernehmen, was da gefunkt ist.

»Mit Hans Heinz Schmitt nach London gefahren. Vor zwölf Uhr werden wir ein Paar sein. Bereit, dich auf irgendeiner Reise-Station zu treffen, um deinen Segen zu erbitten. Onkel benachrichtigen ebenso. Charing Croß Hotel. Lisi und Hans«

»Mich trifft der Schlag!« flüstert Malwine von Döhn.

»Nein, Sie werden schon Kraft und Haltung genug haben, gute Miene zu zeigen! – I kenn Sie schon so, gelt?« spricht die Exzellenz.

Ihr Mann nickt ihr zu. Das ist die rechte Art.

Herr van Haldern, noch grüner und blasser als zuvor, macht eine stumme Verbeugung und geht.

»Wenn's der noch gewesen wäre,« seufzt Malwine, »aber Schmitt, denken Sie, Schmitt – und ein Maler! Und wie ist das nur zugegangen?« Sie faßt an ihre Stirn. Der Anker geht nieder und ein Dampfer kommt von Trouville, das nun nahgerückt scheint, die Reisenden überzunehmen. So achtet niemand auf die Bestürzung der kleinen Gruppe.

»Und nichts kann man tun? nichts hindern?«

Der Staatsrat sieht auf seine Uhr. »Es ist dreiviertel vor Zwölf.«

»Furchtbar.« Ihre eiskalten Hände drücken die warmen der Frau von Berning. »Lassen Sie mich hinuntergehen, Exzellenz, ich fühle meine Migräne wiederkommen. Ich muß allein sein, ich begreif's nicht – was, wer, wie konnte das denn geschehen? Nein, allein, ganz allein!«

Frau von Berning übergibt die Leidende der Stewardeß und kommt zu ihrem Mann zurück. »Du, Gustävle, i begreif's schon!« sagt sie ganz niedergeschlagen. »Wenn's nur der Maler mit dem Strohhut nit gewesen ist?«

»Aber sicher!«

»Und's Mädele tat so unschuldig! Und blieb zurück gestern und ist mit ihm auf dem Dampfer 'rüber nach Dover. Ganz einfach!«

»Ganz einfach.«

»Eine schöne Hüterin bin i gewesen.« Dann lacht sie. »Aber, weißt, i hätt' auch lieber den hübschen Maler genommen, als den grünweißen Schwerenöter, der so viel Freunde in Ostende hat. Und der Maler, der wird sie schon glücklich machen, der Hans Heinz Schmitt, der so schneidig ist.«

»Und nun komm, 's wird Zeit zum Einsteigen,« mahnt ihr Gatte. »Muß i nit am Ende hier ...?«

»Ei, bewahre!« er zieht sie am Arm »Der Oberleutnant und sie können sich miteinander trösten.«

Ein wenig schuldbewußt sitzt die Exzellenz auf dem Orion, der
den Kurs nach der Landungsbrücke von Trouville nimmt. Hätte sie
nicht ihrer Passion nachgegeben und alles Irdische im himmlischen
Orgelkonzert vergessen, und den Mann nicht unter die Seidenrau-
schenden auf der Terrasse geschickt, der schneidige Hans Heinz
hätte keine Gelegenheit gehabt, auf das Programm zu schreiben
und Pläne zu schmieden. Denn so kam's. Das weiß sie jetzt gewiß.

Herr von Haldern steht auf dem Achterdeck des Meteor und sieht
nicht nach Trouville hinüber, sondern auf's Meer. Er mag jetzt
nichts Freudiges und Lebenslustiges erblicken. Und so weit und
unbestimmt und ohne Grenzen liegt sein Leben vor ihm. Was nun?
Wäre er der Kleinen nicht von der Seite gewichen, statt seine alten,
leichtsinnigen Wege zu gehen, konnte doch so etwas gar nicht passieren! Und seinen Gedanken-Monolog beschließt er mit dem laut
gesprochenen Wort: »O, ich Esel!«

*

Über eins ist Malwine von Döhn sehr zufrieden mit sich gewesen
auf der weiten Reise: daß sie ihr Scharfblick in den prächtigen Bernings nicht getäuscht hat. Man hat sich vernünftigerweise darüber
ausgesprochen, daß Hans Heinz Schmitt ganz bewußt zu Lande
hinterher gekommen ist. Es mag ja ohne besonderes Wissen Lisis
gewesen sein, und die Entführung hätte, wenn hier nicht, so bei der
ersten anderen Gelegenheit, die sich bot, stattgefunden. Und dann
haben die beiden Exzellenzen dafür gesorgt, daß es nichts weiter als
ein kleines Gezischel an Bord des Meteor gegeben hat über die kurze Teilnahme des jungen blonden Fräuleins an der Reise. Sie ist
einfach in Ostende Freunden überliefert, in deren Gesellschaft sie
nach London reiste, um sich dort zu vermählen. Ein wenig roman-
tisch, aber das kommt ja vor! Und die Menschen haben so viel mit
Sehen und Unruhe des Aus- und Einbootens in dem Wiedergeben
von Eindrücken zu tun, daß sie schnell die hübsche Kleine vergessen haben. Haldern huldigt jetzt der Russin. Malwine hat das liebliche San Sebastian gesehen und das seltsame Bayonne am Ausfluß
des Adouro, ist von der Eleganz von Biarritz entzückt gewesen, und
beglückt, als man den Golf von Biskaya so ruhig durchqueren konnte.

»Da hat der Himmel doch ein Einsehen,« meint die Exzellenz, diesmal nicht von der Seekrankheit geworfen.

Bei schönstem Wetter umfährt man nach dem Ausbooten das Kastell Mont Orgueil auf der Insel Jersey, um in den Hafen von St. Helier zu kommen. So viel zu sehen! Helfende Hände strecken sich ihr entgegen auf der schmalen Steintreppe, die zur Höhe des breiten Piers führt, der englisch solid gebaut, die Hafenrundung umschließt. Und wie sie dort, das Ehepaar Berning erwartend, umblickt, sieht sie drei Personen auf sich zukommen: ihr Bruder hat ein lächelndes, blondes Wesen am Arm und zur andern Seite einen stattlichen Menschen, der den Hut hält. Ganz wehrlos, ganz betäubt ist sie, etwas zurückgezogen von der Menge, umarmt mit lieben Worten überflutet, und gebeten und umschmeichelt, und als sie spricht, ist Hans Heinz noch damit beschäftigt, ihre Hände zu küssen.

»Malwine, Tante! – gnädigste Schwiegermutter!«

»Das ist ja ein Überfall!« stammelt sie. »Du, Bruder, du selber!«

»Ich bin nachgereist und habe hübsche Tage da mit den jungen Leuten auf Wight verlebt. Könnt' ich denn anders, als ja sagen, nachdem das von dir so schlecht gehütete Lamm dem Wolf in die Fänge gelaufen war? Mein Herzblatt war's ja doch!«

Und der etwas gebeugte Mann richtet sich auf, und ein frisches Lächeln belebt sein Gesicht.

»Schuldig, unachtsam war ich gewiß nicht,« entgegnet sie mit beleidigter Miene. Aber nur halb gelingt's, denn Herr von Döhn lacht nun laut.

»Wenn du das alles gewesen wärst, stiftete ich dir noch eine Dankadresse dazu. So lieb hab ich – den da gewonnen, eh?«

Und der küßt nochmals beide Hände des Fräuleins und seine blauen Augen blitzen. »Ich tu's nicht wieder! Ich hab die Lisi, ein für allemal.«

Da wischt Malwine mit dem Taschentuch ihre Augen und öffnet die Arme und Lisi fällt hinein.

»Na, abgemacht! Das hätte ich mir schwerer gedacht!« sagt Herr von Döhn.

»Exzellenz! ach bitte, Sie sind die nächsten dazu!« Aber eine feierliche Vorstellung des Hauptes der Familie und des jungen Paares wird es nicht. Die Damen küssen sich, dem Maler schüttelt Frau von Berning die Hand. Natürlich, er war's! »Wir sind ja alte Bekannte! Und während ich da halb die Himmelsleiter hinaufgeklettert bin beim Orgelkonzert, haben die Schelme hinter meinem Rücken ein recht irdisches Davonlaufen geplant! Ja, ja!«

»Wir fahren insgesamt mit dem Meteor nach Hause,« sagt Herr von Döhn.

»Der Nam' hat's an sich,« meint die Badenserin. Auftauchen und verschwinden! Das Plötzliche heftet sich daran. – Erst die kleine Lisi. Dann in Trouville ohne Adieusagen der Herr von Haldern – futsch. Jetzt kommt ein junges Paar in die Erscheinung. Das ist auch so'n Blitzgestirn – wie heißt's doch gleich, was Goethe von dem Meteor meint? Nu bin ich schön blamiert – weiß nicht wer und was!«

Da fliegt ein Zug rechter Genugtuung über Malwinens Gesicht: »Epilog zur Glocke: ›Wie Meteor verschwindend, unendlich Licht mit seinem Licht verbindend‹ – «

»Dank schön! Ob's paßt oder nit. Die beiden stehn jetzt im Licht, gelt?«

Über tredition

Eigenes Buch veröffentlichen

tredition wurde 2006 in Hamburg gegründet und hat seither mehrere tausend Buchtitel veröffentlicht. Autoren veröffentlichen in wenigen leichten Schritten gedruckte Bücher, e-Books und audio-Books. tredition hat das Ziel, die beste und fairste Veröffentlichungsmöglichkeit für Autoren zu bieten.

tredition wurde mit der Erkenntnis gegründet, dass nur etwa jedes 200. bei Verlagen eingereichte Manuskript veröffentlicht wird. Dabei hat jedes Buch seinen Markt, also seine Leser. tredition sorgt dafür, dass für jedes Buch die Leserschaft auch erreicht wird.

Im einzigartigen Literatur-Netzwerk von tredition bieten zahlreiche Literatur-Partner (das sind Lektoren, Übersetzer, Hörbuchsprecher und Illustratoren) ihre Dienstleistung an, um Manuskripte zu verbessern oder die Vielfalt zu erhöhen. Autoren vereinbaren direkt mit den Literatur-Partnern die Konditionen ihrer Zusammenarbeit und partizipieren gemeinsam am Erfolg des Buches.

Das gesamte Verlagsprogramm von tredition ist bei allen stationären Buchhandlungen und Online-Buchhändlern wie z. B. Amazon erhältlich. e-Books stehen bei den führenden Online-Portalen (z. B. iBookstore von Apple oder Kindle von Amazon) zum Verkauf.

Einfach leicht ein Buch veröffentlichen: **www.tredition.de**

Eigene Buchreihe oder eigenen Verlag gründen

Seit 2009 bietet tredition sein Verlagskonzept auch als sogenanntes "White-Label" an. Das bedeutet, dass andere Unternehmen, Institutionen und Personen risikofrei und unkompliziert selbst zum Herausgeber von Büchern und Buchreihen unter eigener Marke werden können. tredition übernimmt dabei das komplette Herstellungs- und Distributionsrisiko.

Zahlreiche Zeitschriften-, Zeitungs- und Buchverlage, Universitäten, Forschungseinrichtungen u.v.m. nutzen diese Dienstleistung von tredition, um unter eigener Marke ohne Risiko Bücher zu verlegen.

Alle Informationen im Internet: **www.tredition.de/fuer-verlage**

tredition wurde mit mehreren Innovationspreisen ausgezeichnet, u. a. mit dem Webfuture Award und dem Innovationspreis der Buch Digitale.

tredition ist Mitglied im Börsenverein des Deutschen Buchhandels.

Dieses Werk elektronisch lesen

Dieses Werk ist Teil der Gutenberg-DE Edition DVD. Diese enthält das komplette Archiv des Projekt Gutenberg-DE. Die DVD ist im Internet erhältlich auf **http://gutenbergshop.abc.de**